• MARILOU ADDISON •

1

Les DIY de Maélie

– Des papillons dans le ventre –

Kennes

Kennes
éditeur de coups de cœur

Retrouvez-nous sur www.kenneseditions.com

Rejoignez-nous sur notre page Facebook: www.facebook.com/KennesEditions

Suivez-nous sur notre compte Instagram: kenneseditions

Publié avec les autorisations des Éditions Boomerang inc.,
Québec, Canada

Auteure: Marilou Addison
Illustrations: Laura Vandal
Mise en page: Julie Deschênes
Photos et illustrations complémentaires: Adobe Stock

Rue de la Blanche Borne 15
6280 Gerpinnes (Loverval) – Belgique

Adaptation et lexique : Cassandre Sobieski

Dépôt légal : mai 2022 – D/2022/13.105/107

ISBN : 978-2-3807-5724-8
NUART : 56-8970-2

Imprimé en Europe

À toutes celles qui ont su
passer au travers des épreuves
qu'elles ont subies.

À la fin de ce livre, tu trouveras un extrait du roman *Le journal de Dylane* de Marilou Addison.

AVANT-PROPOS

Bienvenue dans le monde de Maélie et de ses *Do It Yourself*! Au fil de ta lecture, tu rencontreras des expressions comme « chum », « blonde » ou encore « dépanneur » : ce sont des mots typiques du Québec, là où se déroule l'histoire ! Si tu ne les comprends pas, pas de panique : ils seront signalés par un astérisque (*) et expliqués en note de bas de page. Tu pourras aussi les retrouver en fin d'ouvrage, dans un lexique alphabétique.

Bonne lecture !

L'éditeur

#LEPIREMOYEN DETRANSPORT AUMONDE

Lundi 20 août

Je croyais que la première fois que je prendrais l'avion, je le ferais pour me rendre dans un pays chaud. Genre Cuba, le Mexique ou la République dominicaine. Même le Pérou, ça aurait fait l'affaire !

Parce que mon père emploie toujours cette expression pour dire que ce n'est pas la fin du monde : « Voyons, Maélie, c'est pas le Pérou ! » Je n'ai jamais trop compris l'idée.

Je me disais aussi que je serais avec ma famille pour embarquer dans ce gros appareil. Ou avec mes amis. Ou mon hérisson. Même mon voisin d'en dessous, ça aurait pu faire l'affaire ! Au lieu de ça, je suis toute seule dans ce minuscule avion d'une vingtaine de places, gros maximum.

Je n'ai pas compté, j'avoue…

J'entends le moteur qui tourne à plein régime. Je suis assise directement au-dessus d'une aile, et le moteur doit être tout près. Mais bon, l'appareil est si petit que, peu importe l'endroit où j'aurais pris place, le bruit aurait été aussi fort, je crois. J'arrive à peine à écouter ma musique, malgré mon bonnet aux oreilles de chat bien enfoncé sur ma tête et mes écouteurs coincés dans mes oreilles.

Mes jambes tremblent. J'ai les mains moites. Je ferme les yeux en promettant de ne plus jamais remettre un seul devoir en retard si cet avion ne s'écrase pas avant d'arriver à destination…

Ouais. C'est définitif: je déteste ce moyen de transport! J'aurais cent fois préféré me rendre là-bas en auto. Sauf que mes parents ne pouvaient pas prendre congé pour aller m'y conduire, ni simplement pour m'accompagner. Ils m'ont donc acheté un billet, amenée jusqu'à l'aéroport, fait un gros câlin, puis *ciao*, Maélie. À la prochaine! On se revoit dans… je ne sais même pas quand je vais revenir à la maison.

J'ai l'impression d'avoir été abandonnée pour la deuxième fois…

La première, c'était quand ma mère est morte. Oh, je ne dis pas ça pour faire pitié ! Je n'avais même pas encore deux ans, alors je me souviens à peine de son odeur, de ses cheveux, de ses mains qui me bordaient le soir, dans mon petit lit.

OK, c'est faux. J'ai des tas de souvenirs, mais je n'arrive pas à dire s'ils sont réels ou si je les ai imaginés parce que mes parents adoptifs m'ont beaucoup parlé de ma mère. Si ce sont des souvenirs inventés, quoi… Ça existe, j'en ai entendu parler.

Je jette un œil par la fenêtre. Aïe ! On n'y voit rien. L'avion se trouve en plein dans les nuages, et ça fait monter en moi une poussée de claustrophobie. On vole depuis ultra longtemps ! Quand va-t-on enfin arriver à destination ?!?

Je déteste ça, je déteste ça !

Au moins, ça ne dure pas longtemps, et nous ressortons des nuages. Enfin ! On arrive ! L'avion commence sa descente. Je le sais parce que mes oreilles se bouchent instantanément. J'ai beau bâiller à répétition, il n'y a rien à faire. C'est ultra douloureux.

Promis, je ne prendrai plus JAMAIS l'avion !!!

Voilà que nous apercevons la piste d'atterrissage. Sous la pluie.

Génial…

Je colle mon visage contre la vitre, puis je me rends compte que celle-ci est loin d'être propre. Il y a de drôles de traces graisseuses sur la surface. Je m'en décolle aussitôt et j'essuie mes mains moites sur mon short. L'avion vient de sortir ses petites roues, qui vont bientôt toucher la piste.

Aïe, aïe, aïe !

C'est aussi effrayant que lors du décollage, je dirais. Mais une secousse nous apprend que nous sommes sur la terre ferme, et je pousse un long soupir de soulagement. J'ai survécu. Lorsque l'avion s'immobilise enfin, je me dépêche de désactiver le mode avion de mon cellulaire *, afin de vérifier mes messages.

C'est bien ce que je croyais. Je n'en ai reçu aucun de la part de mes parents. Ce ne sont pas eux qui vont s'inquiéter pour un petit vol de rien du tout. Ni pour quoi que ce soit, d'ailleurs…

Bon, j'ai tout de même reçu un texto. De Dylane… Je ne veux pas lui parler. Je l'ignore depuis des semaines. Mais parce que je me trouve loin de tout et que je dois être en train de devenir

* Cellulaire/Cell – Téléphone portable.

sentimentale, je prends tout de même la peine de lire ce qu'elle m'a écrit.

Dylane

Je m'excuse pour tout, Maé.
J'espère que tu vas mieux.

J'hésite. Je pourrais lui répondre, lui dire que tout ça, c'est du passé, que de toute manière je ne suis pas sur le point de la revoir et que ça n'a plus la moindre importance. Mais je ne le fais pas. Qu'elle poireaute encore un peu. Le pire, c'est que je ne suis même plus en colère. Je veux juste laisser tout ça derrière moi.

J'ignore donc son texto et je me choisis une nouvelle chanson à écouter. Puis, je me redresse pour attraper mon sac à dos dans le compartiment au-dessus de moi. L'hôtesse de l'air vient d'ouvrir la porte, et les passagers sont tous en train de descendre. Ça se bouscule sans même s'excuser.

Merci de ne pas me laisser passer. Très gentil…

Je finis tout de même par me glisser entre deux passagers et je sors à toute vitesse de là. Il était temps ! Je manquais d'air. Ma valise m'attend sur le chariot, devant l'avion. Comme je n'avais pas énormément de bagages, je n'ai pas eu besoin de les enregistrer. De cette façon, ce sera plus rapide pour aller rejoindre la personne qui viendra me chercher.

Je prends une grande inspiration avant de commencer à marcher, à la suite des autres voyageurs. La pluie a diminué d'intensité, et le soleil commence à se pointer le bout du nez. De l'autre côté de la paroi vitrée, des gens nous attendent. Je ne sais même pas qui sera là pour moi.

Mon oncle ? Un ami de ma mère biologique ? Un cousin éloigné ? Ce n'est pas clair, et mes parents ne se sont pas attardés sur son identité. Ils m'ont juste dit que, pour mon bien et pour que je cesse d'être si déprimée, il valait mieux que j'aille vivre chez cet homme et que je fasse ma deuxième secondaire* dans son coin de pays à lui.

Et cela, même s'il habite loin de toute civilisation… Sans blague, on est à quoi ? Des milliers de kilomètres de Montréal ? Je n'ai pas osé vérifier sur Google Maps. Ça me décourageait un

* Secondaire – Au Québec, on fréquente l'école secondaire pendant 5 ans (de la première à la cinquième), de 12 à 17 ans.

peu trop. Tout ce que je sais, c'est qu'il s'appelle Samuel Duguay et qu'il doit avoir à peu près l'âge de mes parents adoptifs.

La porte vitrée s'ouvre devant moi, et je pénètre dans la salle d'attente. Je m'arrête un peu trop subitement, et la dame derrière moi m'accroche. Elle jure tout bas et me regarde avec un air fâché.

Désolée, désolée... Je me bouge !

Je me colle sur le côté pour ne plus être dans le chemin, puis je reprends mon observation des lieux. Avec mon bonnet qui me cache la moitié des yeux et mes écouteurs dans les oreilles, je ne dois pas avoir l'air très engageante.

Pourtant, un homme se détache de la petite foule et s'avance vers moi. Il ne porte pas d'affiche où mon nom serait indiqué. Comment est-ce que je peux être certaine que c'est bien lui qui doit venir me chercher ? Il ne doit pas s'être rasé depuis un siècle ! Sa barbe part dans tous les sens, et là, je ne parle même pas de ses cheveux ! Je me demande quand il a utilisé un peigne pour la dernière fois, lui.

Ça pourrait être un psychopathe !

Ou juste un gars qui veut me demander l'heure…

Je retire un écouteur de mon oreille pour entendre ce qu'il a à me dire. L'homme se racle la gorge, visiblement mal à l'aise. Sa voix est tout de même très grave lorsqu'il me demande :

— Euh… Hum… Est-ce que c'est toi, Maélie ? Maélie Cyr ?

Je pince les lèvres et hoche la tête. Il semble aussi timide que moi, parce qu'il n'ajoute rien, saisit ma valise et…

… se sauve avec !

#LAFILLEDELILI

Je trottine derrière l'homme (le voleur de valise), sans oser lui demander s'il s'appelle bel et bien Samuel Duguay. Je ne le connais pas, mais c'est apparemment chez lui que je dois aller vivre. Si au moins j'avais pu voir une photo de lui… mais il n'est pas sur Facebook.

Je le sais. Ça, je l'ai vérifié…

Nous sortons, lui devant, moi derrière. J'ai de la difficulté à le rattraper. Je n'ai pas de très grandes jambes, alors que les siennes sont géantes ! L'air est plus frais en raison de la pluie, et le vent me frappe de plein fouet. J'aurais dû mettre une veste. Pourtant, on est encore en août. À Montréal, j'aurais eu super chaud avec ce simple t-shirt. Alors qu'ici…

Finalement, l'homme s'arrête devant un vieux pick-up dont il ouvre le coffre arrière. Il y lance sans ménagement ma valise, toujours sans dire quoi que ce soit.

Ouais… les prochains mois seront joyeux !

D'un autre côté, ça fait mon affaire, car je n'ai vraiment pas besoin de me faire dire quoi faire. J'ouvre la portière du côté passager et me hisse sur le siège. Puis, je joins les mains sur mes cuisses et me mets à jouer avec mes ongles. Comme j'ai le menton baissé, mes cheveux longs cachent une partie de mon visage. Mon bonnet fait le reste.

Le moteur gronde une, deux, trois fois avant de réussir à démarrer. Mouais. Ce n'est visiblement pas un camion de l'année. Mais ça, je l'aurais parié, avec les taches de rouille que j'ai vues un peu partout sur la carrosserie. J'espère juste que nous parviendrons à nous rendre jusqu'à… En soupirant, je me rappelle que je ne sais même pas où nous allons.

« Ça va te faire du bien, toute cette tranquillité », m'a soufflé ma mère adoptive avant de me pousser vers la file d'attente, à l'aéroport.

J'ai gardé mes doutes pour moi. Tout comme le reste. Mais ça, je préfère ne pas y penser.

Le camion s'engage sur une route bordée de hauts sapins. J'ai un peu chaud, en fin de compte, alors je cherche le bouton d'ouverture des fenêtres. Je ne le trouve pas. Un peu désemparée, je fronce les sourcils, quand un raclement de gorge me fait tourner la tête vers mon chauffeur. La voix toujours aussi rauque, il marmonne :

— Faut tourner la manivelle. Là, m'indique-t-il en pointant une drôle de poignée.

Je la saisis du bout des doigts, sans trop comprendre. Comment… ? Mais qu'est-ce que… ? Oh, je vois ! Il faut la tourner, ce qui fait baisser la fenêtre.

Okaaay… J'ai l'impression d'avoir atterri au siècle dernier, moi !

N'empêche, le vent est pareil partout, il faut croire, car il s'engouffre dans l'habitacle et me chatouille le visage. C'est agréable. Et je dois bien le dire : ça sent bon, par ici. Pas d'odeur de gaz, de fumée ou d'asphalte trop chaud. Ça sent… la forêt. La nature. L'herbe.

Je me penche vers la fenêtre ouverte et je ferme les yeux. Pas longtemps. À peine le temps de remarquer que le véhicule ralentit et qu'il tourne dans le parking d'un dépanneur*. Mais pas un dépanneur de quartier. Un ÉNORME dépanneur. Enfin… énorme pour le coin, quoi.

* Dépanneur – Petite épicerie de proximité.

L'homme éteint le moteur, hésite, puis finit par se tourner vers moi. Sans me regarder, il murmure :

— Je… faut que j'achète des trucs. Tu… tu viens ? Si t'as besoin de quelque chose, t'as qu'à le dire. Je… je payerai.

Là-dessus, il sort en me plantant là. Il est bizarre. Vraiment bizarre. C'est comme s'il n'avait pas parlé à qui que ce soit depuis des semaines. J'imagine que je le dérange et qu'accueillir une ado dans ses affaires ne lui fait pas plaisir. Les épaules basses, je finis par le suivre. Je pousse la porte, et une clochette annonce mon arrivée.

Il n'y a pas un chat dans le magasin. Même derrière le comptoir, il n'y a personne. Je fais quelques pas vers la première rangée, lorsqu'un grand gars surgit de celle-ci devant moi, un sourire collé au visage. Son sourire s'élargit encore davantage lorsqu'il m'aperçoit, tandis que je me renfrogne et baisse les yeux.

J'ai à peine eu le temps d'apercevoir ses yeux d'un bleu si pâle qu'ils paraissent blancs. C'est le genre de gars qui est beau et qui le sait, qui est sûr de lui et qui n'hésite pas à aborder une fille.

Même si c'est la première fois de sa vie qu'il la voit.

Zut, pourquoi fallait-il que ça tombe sur moi… ?

— Hé ! T'habites pas dans le coin, toi ! Ta famille vient d'emménager ? Ça va faire du bien de voir de nouveaux visages, parce que je t'avoue qu'y se passe pas grand-chose, par ici ! C'est ennuyeux à mourir. Surtout cet été. Alors, est-ce que je peux faire quelque chose pour toi ? me lance-t-il d'une traite, tandis que mes joues deviennent toutes chaudes.

Elles doivent être rouges. Je le sais, ça m'arrive tout le temps. Je suis timide. Extrêmement timide. Je n'y peux rien. Ça ne se guérit pas. Pour ne pas avoir à répondre, je secoue la tête et je recule vers la sortie. Je peux très bien attendre dehors, après tout. Mais au même moment, une voix retentit à l'autre bout du magasin :

— Lâche-la, Estéban, elle est avec moi. Elle est… C'est la fille de Lili.

— La fille de…, répète celui qui semble être l'employé, en me détaillant avec curiosité.

J'avais levé les yeux en entendant la voix de mon conducteur, mais je les baisse aussitôt devant le regard insistant d'Estéban. OK, qu'il cesse de me scruter à la loupe, lui ! Je ne suis pas une bestiole qu'on peut analyser ! Et surtout, je déteste être le centre de l'attention.

— Mais pourquoi tu es avec Sam ? me demande Estéban, toujours sans me lâcher des yeux.

— Parce que, répond simplement celui qui, en fin de compte, s'appelle bien Sam en s'approchant de nous, les mains pleines. Allez, travaille un peu si tu veux pas que je dise à ton oncle que tu passes ton temps à flâner.

Sans se laisser démonter, Estéban passe tout près de moi et contourne le comptoir. Il se met ensuite à scanner les articles de Sam, en me jetant de temps à autre des coups d'œil. Je reste figée sur place, les mains enfouies dans mes poches, ne sachant que dire ou que faire.

— Tu voulais rien ? me demande alors mon conducteur en tournant la tête vers moi.

— Non, je… je pense pas, dis-je tout bas.

— Oh, mais tu parles ! me lance Estéban, toujours aussi souriant.

— Combien ça fait ? l'interrompt Sam en sortant son portefeuille.

Il règle ses achats, puis tourne les talons pour sortir. Je m'apprête à le suivre quand Estéban s'adresse à moi une dernière fois :

— Attends, la fille de Lili ! C'est quoi ton nom, au fait ?

Les joues de plus en plus brûlantes, je n'ose pas le regarder. J'ai la gorge sèche, et tout ce que je veux, c'est partir de là en vitesse. Finalement, Sam sauve la mise en répondant à ma place, un pied dans la porte :

— Maélie, viens. Il va bientôt faire noir et il y a des tonnes de chevreuils, ces temps-ci. J'ai pas envie d'en heurter un.

— Maélie… c'est joli, ça, réplique Estéban sans se préoccuper du commentaire de Sam. Et ça te va vraiment très bien, lance-t-il alors que la porte se referme enfin derrière moi.

Je me dépêche de reprendre ma place dans la camionnette. Le silence du petit habitacle permet aux battements de mon cœur de se calmer. Et dans ma tête, je remercie Sam d'être si taciturne, parce que je ne suis certainement pas en état de faire la conversation.

0

#PASDELÉGUMES

C'est une maison en bois rond. Elle ressemble à un chalet construit sur deux étages. Sur la clôture du balcon, une vieille guirlande de Noël autrefois branchée a été abandonnée. C'est kitsch à souhait ! Rien à voir avec l'endroit où j'ai vécu toute ma vie, quoi ! Moi, j'ai toujours habité un loft ou un appartement, avec des fenêtres sur tous les murs et des pièces ouvertes. Alors que là…

Les plafonds sont inclinés, et heureusement que je suis petite parce que je risquerais de me cogner la tête un peu partout. La cuisine est désuète, avec à peine assez de place pour couper des carottes. Dans le salon, un vieux divan peu invitant trône dans un coin. Et sur ce dernier, il y a une vieille couverture en laine.

Je… je suis sans mots. Je voudrais pouvoir retourner chez moi. À toute vitesse. En fin de compte, je ne veux pas vivre ici, avec cet homme que je ne connais pas et qui est aussi peu bavard que moi. Dans ce coin perdu où les moustiques sont si gros qu'ils pourraient partir avec mon bras quand ils mordent dedans !

J'ai l'impression d'étouffer. Pourtant, ce n'est pas l'air qui manque, par ici. Il n'y a même que ça !

En plus, la maison de Sam est située à l'extérieur du village ; c'est dire si nous sommes au milieu de nulle part…

Ma valise dans une main, je n'ose pas bouger alors que mon hôte accroche son manteau sur un crochet, dans l'entrée. Il ne sait pas quoi dire, ça se voit. Même si ça semble lui demander beaucoup d'efforts, il se retourne vers moi et m'explique :

— Ta chambre est au deuxième. C'est la porte au fond du couloir. Tu peux aller t'installer. Moi, je… je vais faire le dîner. T'aimes les steaks ?

— Euh, ouais. C'est parfait, dis-je, même si moi, la viande, ça ne m'a jamais tellement plu.

Ce n'est pas le moment de me mettre à me plaindre de la bouffe. Je vois bien que Samuel fait des efforts pour m'accueillir.

Il hoche la tête et s'éloigne vers la cuisine, ses sacs dans les mains. Moi, je me dépêche de grimper à l'étage pour aller voir à quoi ressemblera ma chambre pour les prochains mois. La porte de celle-ci est ouverte, et je constate avec découragement qu'elle est minuscule. Je m'y attendais, mais en même temps j'espérais me tromper. Mon lit est collé contre le mur du fond et juste au-dessus, il y a une petite fenêtre. Dans le coin droit, j'ai droit à un meuble pour mettre mes vêtements. Voilà tout ce qui constituera mon univers, dorénavant. Même pas de placard.

La joie…

J'inspire un bon coup, puis je commence à placer mes affaires là où je peux. Cela fait, je m'assois sur le lit, qui se met à grincer atrocement. Comment je vais pouvoir dormir, dans ces conditions ?! En plus, on sent les ressorts du matelas.

Mais qu'est-ce que je fais ici, moi ???

Est-ce que je voulais à ce point m'éloigner de ma vie pour être prête à m'enterrer dans ce trou perdu ?

La réponse est évidemment oui…

Pour ne pas y penser, je me relève et je sors de la chambre, histoire de visiter les lieux. Mais au deuxième, il n'y a rien de plus qu'une seconde chambre – sûrement celle de Sam –, alors j'ai vite fait le tour. Je redescends donc sans plus attendre. Sam est en train de faire cuire les steaks. Ça sent bon. Je ne sais pas quelles épices il a mises dessus, mais je ne peux m'empêcher de saliver. Il faut dire que c'est rare que quelqu'un cuisine pour moi.

Toutefois, je constate vite que Samuel n'a pas prévu le moindre accompagnement. Je m'approche donc et lui demande :

— Est-ce que je peux t'aider ?

Il sursaute et se tourne vers moi.

— Ben… je… Non, je m'occupe des steaks.

— OK, mais je pourrais couper des légumes, si tu veux. Il y en a ?

— Des légumes ? Euh… je… j'ai pas pensé à…

Je me mords les lèvres, ne sachant que dire. Je ne suis pas douée pour communiquer. Je suis bien meilleure pour agir. Alors, j'ouvre la porte du réfrigérateur, je jette un œil dans le tiroir à légumes et j'en sors quelques patates, un vieux brocoli et le reste d'une vieille laitue iceberg. Je ne sais pas depuis quand ces aliments sont là, mais puisqu'ils semblent encore comestibles, autant les utiliser maintenant.

Je me mets à la tâche sans attendre, tandis que Sam me fait un peu de place sur le plan de travail. Le silence est comblé par le grésillement de la viande qui saute dans la poêle et le bruit de la hotte, en haut de la cuisinière.

Une fois que tout est prêt, je dresse les assiettes et Sam y dépose les steaks. Puis, nous apportons chacun notre repas à la table, où nous nous assoyons. C'est étrange. Je n'ai jamais cuisiné avec mes parents adoptifs. Ils n'étaient pas souvent à la maison, et je me débrouillais généralement toute seule. Presque tout le temps, en fait. J'y étais habituée.

J'ai l'impression que les choses seront différentes, avec Sam. Je ne sais pas ce qu'il fait comme travail, mais il ne semble pas être obsédé par son boulot, comme mes parents. Et il est calme. Posé. Il me fait penser à quelqu'un. À moi, en fait.

Je ne sais pas si nous allons bien nous entendre, mais une chose est sûre, nous ne risquons pas de nous taper sur les nerfs. Enfin, je l'espère. J'en suis là dans mes pensées quand la voix de mon hôte s'élève entre nous :

— Cette semaine, j'irai en ville pour y faire de vraies courses. Si tu me fais une liste, je prendrai ce que t'aimes. Je savais pas trop, alors…

— Pas de souci. Je suis pas difficile, lui dis-je en remarquant son malaise.

— Hum… y a aussi l'école qui commence bientôt. Faudrait t'acheter ton matériel et t'inscrire. Je l'ai pas encore fait parce que… parce que je savais pas que… Enfin, maintenant que t'es là, on va régler tout ça.

Je hoche la tête, le ventre noué. L'école. De mauvais souvenirs me reviennent. Je ne me lie pas facilement avec les autres, et l'école a toujours été difficile pour moi. Pas en ce qui concerne l'apprentissage, non… C'est plutôt avec mes camarades de classe que ça ne fonctionnait pas.

Sam finit par se lever, mais dès qu'il dépose son assiette dans l'évier, il me lance, sans me regarder :

— Tu sais, Estéban, il est pas méchant, mais… Prends pas trop au sérieux ce qu'il te raconte. Par ici, il est pas reconnu pour sa stabilité. Et sa famille est… Disons qu'on n'est pas en si bons termes.

Mon cœur se remet à battre plus vite. Pourquoi est-ce qu'il me parle d'Estéban ? C'est à peine si nous avons échangé trois mots, lui et moi !

— Je... j'ai pas l'intention de… De toute façon, il doit déjà… m'avoir oubliée, alors…

— La nouveauté, c'est toujours plus attrayant. C'est moi qui te le dis…, marmonne

Samuel avant de faire couler l'eau pour laver notre vaisselle.

Je n'ose pas répondre. Il s'en fait pour rien. Les gars ne me remarquent pas. Ça a toujours été comme ça. Et c'est très bien ainsi.

Un peu énervée, je vais porter mon assiette sur le plan de travail, laissant le soin à mon hôte de la laver, avant de retourner dans ma chambre. Je pourrais aider Samuel, mais je sens qu'il préfère être seul. Et de toute manière, je veux écrire à mes parents. Ils attendent sûrement de mes nouvelles.

Lundi 20 août

#DOUCHEGLACÉE

Je me laisse tomber sur mon lit, qui grince vraiment beaucoup trop, et j'empoigne mon cellulaire. La connexion ne doit pas être géniale dans le coin, mais il faut quand même que j'essaie. Téléphone en main, j'envoie un texto.

Moi

Salut, vous deux. Je suis bien arrivée chez Sam.

Maman

C'est tout. Pas un seul mot. Juste un pouce en l'air. Je me mords les lèvres en fixant mon cellulaire. Peut-être que ma mère va ajouter quelque chose… Peut-être que papa m'écrira un petit mot gentil. Peut-être que…

Mais toujours rien. Je me frotte le front, puis les yeux. Le ventre noué, je finis par me résoudre à écrire de nouveau. Pas à mes parents, cette fois. À Dylane. Parce que je suis loin de tout et que je me sens vraiment seule.

Moi

Salut. Tu es sûrement déjà au courant, mais je vais passer l'année chez un ami de la famille.

Dylane

Oh, Maé ! Enfin, tu m'écris !

Dylane

Té sérieuse, té partie pour l'année ? T'aurais pu m'appeler avant, non ?

Dylane

Ah et... Je m'excuse X 1000 pour tout. T'as pas idée combien je m'en veux.

Lundi 20 août

Moi

Oublie ça. Je veux plus y penser.

Dylane

D'accord, si tu préfères... Il vit où, au fait, l'ami de ta famille ? Cé loin ?

Moi

Genre à l'autre bout du monde...
D'ailleurs, c'est pour ça que je t'écris.
J'aurais un truc à te demander.

Dylane

Bien sûr ! Demande-moi ce que tu veux.

Moi

Ça concerne Henry.

Lundi 20 août

Dylane

Ton hérisson ? Il est pas avec toi ?

Moi

Non, je pouvais pas l'emmener avec moi...

Moi

Comme mes parents travaillent tout le temps, je me demandais si tu voudrais le prendre en pension chez toi, en attendant mon retour ?

Dylane

OMG ! Tellement !!! Je vais en prendre super soin et tu peux être certaine qu'il sera en grande forme à ton retour !

Lundi 20 août

0

Moi

Merci. Bon, je te laisse. Internet est pas génial par ici.

Dylane

C'est nul, ça. Comment tu vas faire pour continuer ta chaîne YouTube, alors ?

Moi

Tu sais bien que je l'ai fermée...

Moi

Je recevais trop de messages méchants depuis que...

Moi

Peu importe. Je ne pense pas en refaire une autre.

Lundi 20 août

0

Dylane

Pourtant, tes DIY étaient géniaux.

Dylane

Je m'excuse tellement pour tout, tu sais...

Moi

C'est pas ta faute. Et de toute façon, comment veux-tu que je bricole quoi que ce soit ici ? Le seul magasin qu'il y a dans le coin, c'est un dépanneur !

Dylane

Ouais... En tout cas, si tu changes d'avis, je serai ta première abonnée, promis !

Moi

LOL, c'est noté.

Moi

OK, je te laisse. Embrasse mon hérisson pour moi !

Dylane

Promis !

Je dépose mon cellulaire à côté de moi et je m'étends, les bras repliés derrière ma tête. Au moins, l'oreiller n'est pas si mal. Par contre, avec la fenêtre ouverte, on entend tout ce qui se passe dehors. Et par là, je veux dire tout : les grenouilles qui coassent, les oiseaux qui pépient à tue-tête, les criquets qui chantent, et je ne sais quoi encore. C'est pire qu'en pleine ville !

Décidément, ma première nuit dans le coin ne sera pas facile du tout. En plus, il est à peine sept heures du soir, et je sens que la soirée va être longue. Samuel regarde la télé dans le salon – je l'entends de ma chambre – et de mon côté, je n'ai pas apporté grand-chose de ma vie d'avant.

J'ai toujours adoré bricoler. Je suis une as quand vient le temps de faire des DIY. Des *Do It Yourself*. J'avais une chaîne YouTube qui fonctionnait bien. J'en étais fière. Puis, j'ai tout fermé. Je suis restée enfermée durant tout l'été chez moi à déprimer, et c'est pour cette raison que mes parents ont décidé de m'envoyer ici. Afin que je reparte sur de nouvelles bases…

Ils ne savent même pas ce qui s'est passé. Je ne leur en ai pas parlé. Ils croient juste que je fais une dépression. Mais ce n'est pas le cas. Oui, je suis triste, mais si je ne mettais pas le pied dehors, c'était que j'avais peur de croiser… Peu importe ! Ce n'est pas ici que je risque de tomber sur lui.

Mais ce qui est le plus dommage, dans tout ça, c'est que j'aimais vraiment ça, faire des vidéos. Un brin nostalgique, je saisis mon cellulaire pour aller faire un tour sur Pinterest. C'est toujours sur ce site que je trouvais mes idées. Je tape les mots « DIY bocaux », puis je fais défiler les résultats. Wow, il y en a pour tous les goûts ! Parmi ces projets, j'en ai déjà testé des dizaines, mais je finis toujours par tomber sur L'IDÉE jamais exploitée.

De plus en plus inspirée, je me décide à me connecter à mon ancienne chaîne YouTube.

Quand j'ai dit à Dylane que je l'avais complètement fermée, ce n'était pas tout à fait la vérité. Disons plutôt que je n'ai simplement pas publié de vidéos depuis… depuis un bail.

D'ailleurs, les événements passés me reviennent en tête aussitôt que j'arrive sur ma chaîne. Ce qui est tout à fait normal, puisque des centaines de commentaires ont été ajoutés dans les dernières semaines, sous la plupart de mes vidéos. Des messages d'insultes. De haine. De la méchanceté à l'état pur.

Les larmes me montent aux yeux. Je n'aurais pas dû retourner voir ça. Ces gens sont des idiots, et je ne veux plus rien avoir à faire avec eux ! C'est avec rage que je ferme mon cellulaire et que je le lance sur le matelas. De toute manière, la batterie est presque à plat. Et je ne compte pas la recharger de sitôt. Je tente de fermer les yeux pour me calmer, mais la colère et la peine ne diminuent pas. Au contraire. Je n'arrive pas à penser à autre chose.

Je rouvre donc les yeux et je saute sur mes pieds dans le but d'aller chercher mon pyjama, rangé dans le deuxième tiroir de mon nouveau meuble. Je vais prendre une bonne douche chaude et me coucher. Ou un long bain rempli de mousse. Mon pyjama sous le bras, je redescends dans le salon pour demander à Samuel si je peux aller me laver. Mais une fois arrivée près de lui, je me rends compte qu'il dort déjà, étendu sur le divan, la bouche grande ouverte.

Vraiment génial. Je crois que je vais devoir me débrouiller toute seule…

Je retourne dans le couloir, j'ouvre une porte – oups, c'est un placard –, une autre – ah, voilà la salle de bain –, puis je m'engouffre à l'intérieur. Je constate alors avec découragement qu'il n'y a pas de baignoire, mais seulement une douche plutôt exiguë. Pas le choix, il va falloir faire avec. J'ouvre le jet, je me déshabille, puis je pousse le rideau pour entrer sous la douche, mais je ne peux m'empêcher de lâcher un petit cri de stupeur. L'eau est glaciale ! Et le jet est à peine assez fort pour mouiller mes cheveux.

Toujours sous l'eau, je joue comme je le peux avec le robinet, pour finalement abandonner la partie. Demain, je demanderai à Samuel de m'expliquer comment faire pour avoir un peu plus d'eau chaude. C'est à peine si j'ai eu le temps de me savonner, mais peu importe. Je sors de là en frissonnant et j'enfile mon pyjama, avant d'enrouler mes cheveux dans une serviette.

Lorsque je repasse dans le salon, j'en profite pour éteindre le téléviseur, qui est allumé pour rien. Puis, je vais m'étendre dans ma chambre. Malgré l'heure, je suis épuisée. C'est beaucoup trop d'émotion pour la citadine que je suis.

J'espère juste que, dans les prochains jours, je finirai par apprécier cette campagne où je viens d'atterrir.

#TOUJOURS FERMERSAPORTE

Dimanche 26 août

La lumière qui pénètre par les rideaux troués me fait ouvrir les yeux. En me redressant, je grimace. C'est une blague ou quoi ? Ça fait à peine une semaine que je suis ici et, déjà, je n'en peux plus. Il n'y a pas moyen de dormir tranquille le matin, dans cette chambre, à cause de tout ce soleil !

Je grogne en posant les pieds au sol. En plus, il fait super chaud dans cette pièce. C'est carrément un four ! Parce que, bien sûr, Samuel n'a pas l'air conditionné dans sa maison !

Mais quel lieu idyllique !

Je rage tout bas, tout en me dirigeant vers la salle de bain. J'ai une envie urgente et par bonheur, la porte est ouverte. J'entre en vitesse dans la pièce pour en ressortir aussitôt, les joues en feu ! Pourquoi ?

PARCE QUE SAMUEL NE FERME PAS SA PORTE QUAND IL VA AUX TOILETTES !!!

Gêné, celui-ci grommelle de plates excuses, en donnant un coup avec son pied sur la porte pour qu'elle se referme. Moi, je me précipite à la cuisine et m'y terre en attendant qu'il sorte de là. Lorsqu'il apparaît enfin, il me fait signe que je peux y aller, sans même me regarder. Il peut bien être embarrassé ! Ça lui apprendra à laisser la porte grande ouverte !

Pour ma part, je referme soigneusement cette dernière, puis je me tourne vers le miroir, au-dessus du lavabo. Oh non… Je me suis endormie avec les cheveux attachés, hier soir. Conséquence : j'ai une tête épouvantable. Je tente de discipliner quelques mèches avec mes doigts, mais il n'y a rien à faire. Bon, je mettrai une fois de plus mon bonnet de chat, et personne n'y verra rien. De toute manière, je ne compte pas sortir de la maison, alors mon look ne regarde que moi.

Toutefois, je me rends vite compte de mon erreur en sortant de la salle de bain. Sur le seuil de la porte, une femme discute avec Samuel. Je ne l'avais pas entendue entrer, elle ! Je file à toute vitesse vers ma chambre pour poser mon bonnet sur ma tête, mais aussi pour enfiler autre chose que mon vieux pyjama.

Ouf! Je peux enfin me montrer le bout du nez sans avoir trop honte. Alors que je retourne dans le salon, Samuel m'appelle justement, et je m'approche de lui et de son amie, le menton bas.

— Maélie, je… je te présente Mireille. C'est notre voisine.

— Oui, bon, ce n'est pas comme les voisins que tu devais avoir à Montréal! Ma maison, tu ne la verras pas à moins de prendre la voiture! lâche la femme en éclatant d'un grand rire.

Je lui souris poliment sans ajouter quoi que ce soit, toujours en fixant le sol.

— T'es une p'tite timide, me dit-elle en posant les mains sur ses hanches. Vous allez bien vous entendre, tous les deux!

Je jette un regard en coin à Samuel, qui fait de même. Il hausse les épaules avant de dire à mon intention:

— Mireille est venue voir si tu voulais aller au village. Elle a des courses à faire, et moi, je dois rester ici pour réparer l'eau chaude. J'ai pas eu le temps de m'en occuper encore, mais ça commence à être vraiment l'enfer, prendre une douche, alors…

— Oui, j'avais cru remarquer, dis-je tout bas.

Mireille nous observe l'un et l'autre avec un grand sourire. Elle doit se demander comment on va bien réussir à communiquer si on ne parvient même pas à se regarder dans les yeux, Samuel et moi.

— Bon… tu… tu veux que je te donne des sous ? Tu pourrais acheter tes affaires. Pour l'école, je veux dire. Je sais pas trop ce dont t'as besoin, mais…

— Laisse tomber, on va s'arranger, le coupe Mireille. Entre filles, on va finir par trouver ce qu'il lui faut !

Et elle termine le tout avec un clin d'œil dans ma direction. Pas très à l'aise, j'hésite. C'est que je ne comptais pas sortir aujourd'hui. Ou en tout cas, pas plus loin que le bout du terrain de Samuel. Mais mon hôte semble vouloir se débarrasser de moi, car il me pousse quasiment hors de la maison. Mireille, pour sa part, m'attrape le bras et me tire carrément vers sa voiture : une antiquité datant du siècle dernier.

— Allez, ma belle, prends place dans ma merveilleuse Lucie !

— Euh... Lucie ?

— C'est le nom de ma voiture, voyons ! Elle et moi, on en a fait, du chemin, c'est moi qui te le dis ! Un peu comme toi, d'ailleurs. Montréal, c'est pas la porte à côté, dis donc !

— Non, en effet, c'est pas... c'est plutôt loin.

Tout en me parlant, Mireille ne lâche pas la route des yeux. Elle n'a pas le choix, il faut dire, car il y a tellement de virages que si elle le faisait, nous nous retrouverions immédiatement dans le fossé !

Je ne m'étais pas rendu compte à quel point c'était sinueux, l'autre jour, en passant ici. Il faut dire que la voiture de Mireille est beaucoup plus basse que celle de Samuel. On sent chacune des bosses que l'on rencontre. J'en ai même un peu mal au cœur.

Mireille ne s'aperçoit de rien, occupée qu'elle est à me raconter comment elle a acheté sa fameuse Lucie, il y a de cela une décennie. J'en profite pour baisser la fenêtre du côté passager – qui fonctionne de la même manière que celle de Samuel, avec une manivelle – afin de prendre une bonne bouffée d'air frais. J'ouvre grand la bouche. Mais je ne réussis qu'à gober une mouche, alors je la referme aussitôt.

Beurk ! Dégueu !!

Et ça me donne encore plus envie de vomir. Je tousse un peu, mais la mouche ne ressort pas. Argh… Heureusement, nous arrivons peu de temps après au village, ce qui me change les idées. Mireille ralentit, et j'ai un peu moins l'impression d'être ballottée d'un côté et de l'autre. Mon estomac m'en remercie d'ailleurs grandement.

Nous circulons dans les petites rues, et Mireille se fait un plaisir de m'indiquer les lieux intéressants.

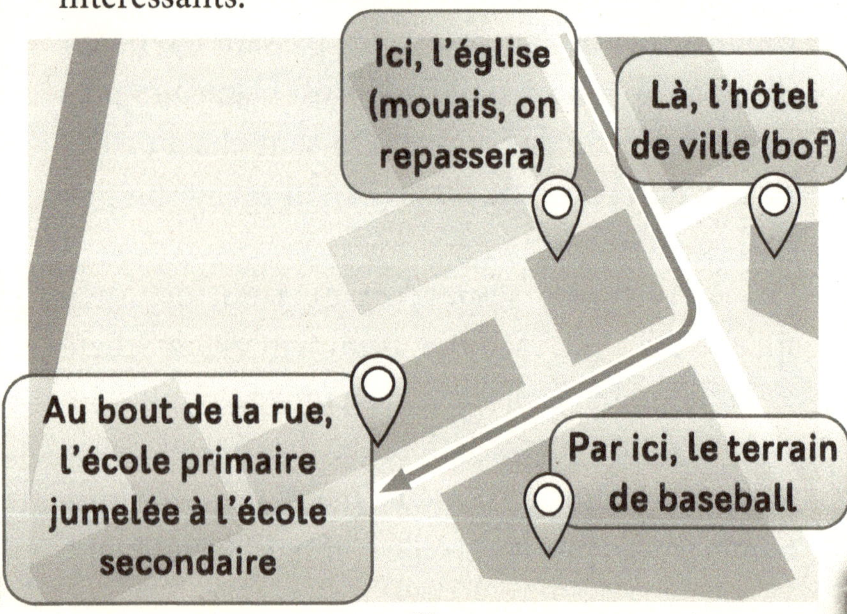

Dimanche 26 août

Voilà, nous avons fait le tour du village. C'était… vite fait, disons. Ah, mais j'oubliais, il reste encore le fameux dépanneur, situé rue Principale. Dépanneur où travaille Estéban. Le hic, c'est que c'est le seul endroit où on peut faire des courses, semble-t-il, car Mireille gare sa voiture juste devant, en me faisant signe de descendre.

Je la suis de mauvaise grâce, peu enthousiaste à l'idée de revoir ce gars. Toutefois, je n'ai guère le choix. Je finis donc par entrer à mon tour dans le petit magasin, derrière Mireille. Celle-ci ne cesse de jacasser, et je dois avouer que je ne l'écoute qu'à moitié.

Je franchis le seuil en priant intérieurement pour qu'Estéban n'y soit pas…

#POMPONSROSES

La sonnette retentit juste en haut de la porte, mais celui qui nous accueille aujourd'hui est un homme d'une quarantaine d'années portant un large tablier.

Ouf…

— Si c'est pas la belle Mireille ! lâche-t-il avec exubérance. Et qui c'est que tu nous amènes ce matin ? C'est pas ta fille, dis-moi ? Je savais pas que t'en avais une !

— Mais non, voyons ! lui répond-elle, tout sourire. Arrête ça, Richard. C'est la fille de… c'est l'invitée de Sam. Maélie. Elle va vivre chez lui cette année. C'est ça, ma p'tite ?

— Euh… oui, je… C'est ça, je suis là pour faire ma deuxième secondaire.

— Elle a le même âge qu'Estéban, ajoute Mireille.

Donc, voici l'oncle d'Estéban, me dis-je en demeurant en retrait.

— D'ailleurs, il est où, ce garnement ? Il était censé m'aider à passer la tondeuse, hier, mais je l'ai pas vu de la journée !

— Il pouvait pas, fallait qu'il me remplace ici. Je lui dirai d'aller te voir dès que je lui mettrai la main au collet. Pas moyen de le faire travailler deux jours de suite, lui. Il aime bien mieux passer sa journée à la rivière avec ses amis. D'ailleurs, Maélie, si tu veux passer du temps avec des jeunes de ton âge, va les rejoindre là-bas. Ce sera moins ennuyeux que de passer la journée avec Mireille !

Cette dernière lui lance une réplique, sans perdre sa bonne humeur. Moi, je ne les écoute plus. De toute façon, je suis clairement le dernier de leurs soucis, tandis qu'ils se lancent dans les potins les plus juteux du coin. De mon côté, je suis déjà en train de longer les allées, intriguée. Il y a vraiment de tout, dans ce dépanneur.

Et puisque je suis certaine de ne pas y rencontrer Estéban, autant en profiter…

Par réflexe, je me mets en mode repérage. Comme je le faisais avant, lorsque j'entrais dans une friperie ou dans n'importe quel magasin de bricolage ou de décoration. Je cherche ce qui pourrait m'être utile pour faire un DIY. Pourtant, je sais très bien que ça ne me servira à rien. Parce que c'est derrière moi, tout ça.

D'un autre côté…

Je m'arrête devant de jolis rubans avec de petits pompons roses. Je les effleure du bout des doigts. Ce serait beau, dans ma chambre. Ça la rendrait plus féminine, parce qu'avec la déco de Samuel – Sam –, on repassera en ce qui concerne la « touche féminine » ! Je regarde le prix.

OMG ! C'est quasiment donné !

Je saisis le ruban et m'assure d'en avoir assez pour border deux rideaux. Dans ma tête, je suis déjà en train d'imaginer comment bricoler le tout. Le hic, c'est qu'il y a aussi des trous dans les rideaux de ma chambre. Il faudrait que je trouve quelque chose pour les réparer. Je continue donc mes recherches et je souris lorsque mon regard tombe sur des étoiles en jeans. Elles servent sûrement à rapiécer les pantalons des enfants. Peu importe, elles seront parfaites !

Je les attrape elles aussi et je retourne sur mes pas afin de payer mes achats. Sam a dit que je pouvais prendre ce que je voulais et il m'a donné quelques billets, avant de me pousser hors de la maison. Autant en profiter !

Le propriétaire du magasin et Mireille discutent toujours, près du comptoir. J'y dépose le tout et j'attends qu'ils me remarquent, mais j'ai beau me racler la gorge, taper des doigts et soupirer, il n'y a rien à faire. C'est comme si j'étais devenue invisible. Normalement, ça ne me dérange pas, mais là, j'aimerais bien qu'on s'occupe de moi ! Je suis à deux doigts de les interpeller quand la clochette de l'entrée me fait tourner la tête… et me figer sur place.

Estéban.

Il n'est pas seul, cette fois. Sans pouvoir m'en empêcher, je l'observe tandis qu'il entre dans le dépanneur comme s'il était chez lui. Deux gars et une fille l'accompagnent. Ceux-ci ne me regardent même pas – je suis habituée –, mais Estéban s'arrête à ma hauteur en me dévisageant. De mon côté, dès que je croise son regard, je baisse les yeux et fixe le plancher avec beaucoup trop d'attention pour que ce ne soit pas suspect.

— Hé… t'es de retour, lâche-t-il. J'avais peur que tu reviennes jamais…

— Oui, je… je suis venue acheter des trucs, dis-je tout bas, d'une voix à peine audible.

— C'est ce que je vois, réplique-t-il néanmoins, alors que ses amis le dépassent et se dispersent dans le magasin. Et mon oncle, y te sert pas ?

Je hausse les épaules. Je ne vais quand même pas lui répondre que j'ai l'habitude de passer inaperçue. Mais il secoue la tête, soupire en passant près de son oncle, puis vient se poster derrière le comptoir afin de scanner mes articles.

— Tu comptes faire de la couture ? me demande-t-il après m'avoir indiqué le prix.

— Non, je… je ne couds pas.

— Ah… Alors, qu'est-ce que tu vas faire avec tout ça ?

— Ben…

Je n'ai pas le temps de répondre que ses amis reviennent en rigolant et se postent derrière moi. La fille me détaille de la tête aux pieds, tandis qu'un des garçons lance à Estéban :

— Qu'est-ce que tu fous ? C'est pas ta journée de travail ! Allez, grouille, on était juste venus se chercher à boire !

— Ouais, ouais, minute, marmonne Estéban sans me lâcher des yeux.

Ce n'est qu'à ce moment que la fille ouvre la bouche, semblant comprendre que je ne suis pas un fantôme sans le moindre intérêt.

— Tu la connais ? demande-t-elle à Estéban.

— Ouais. Je vous présente Maélie. C'est la fille de… Je veux dire, elle va habiter chez Sam cette année.

— Sérieux ?! réplique le gars qui n'avait pas dit un mot jusqu'à maintenant. Merde, je te plains.

— Hé ! Ferme-la. Il est cool, Sam, réplique Estéban.

Les gars rigolent en entendant ce commentaire, alors que la fille hausse un sourcil avant de revenir à la charge.

— T'as quel âge ?

La tête baissée, mes cheveux et mon bonnet me cachant une partie du visage, j'hésite, puis je finis par murmurer :

— Treize.

Pas besoin de lui mentionner que je ne les aurai que dans quelques jours…

— Quoi ?

— Elle a treize ans ! Va te laver les oreilles, Zoé, si tu comprends pas quand les autres parlent ! répond Estéban à ma place.

— Mes oreilles sont très propres, tu sais ! C'est elle qui parle pas assez fort ! D'ailleurs, je veux pas être rabat-joie, mais les autres nous attendent, là. Tu restes ici ou quoi, Estéban ?

— Allez-y, je vous rejoins, lâche-t-il en se penchant pour poser les coudes sur le comptoir.

Zut… moi qui espérais qu'il les suive et me laisse tranquille.

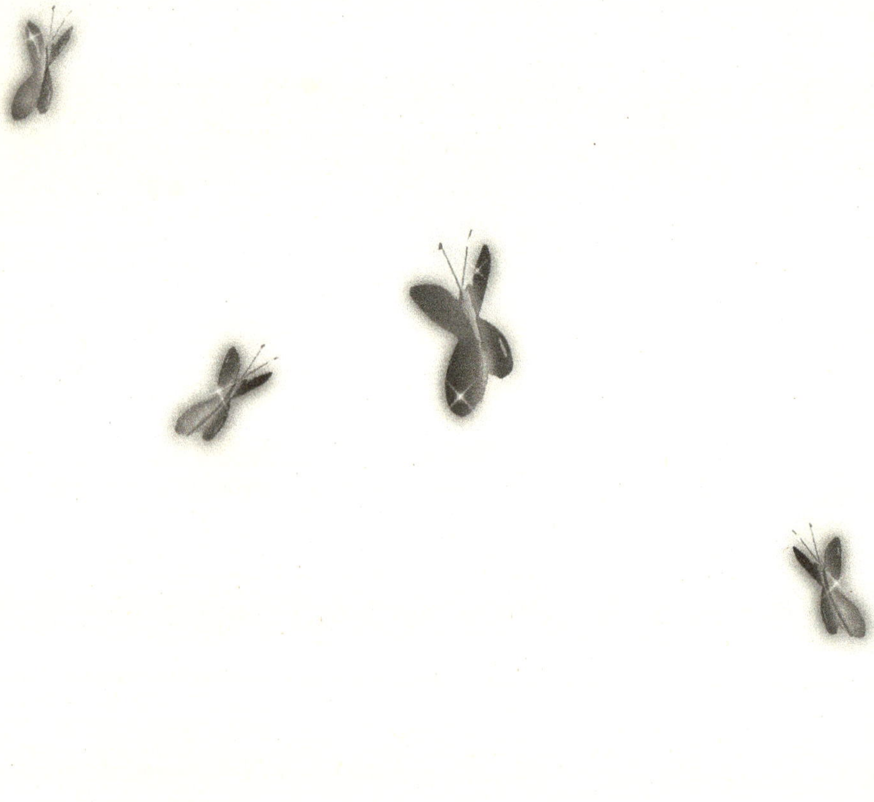

0

#DESMOUCHES DANSLESYEUX

Je préférerais ne pas me trouver là. Où ? Assise derrière Estéban, sur son scooter, les mains agrippées à son torse. Mais pourquoi je n'ai pas été capable de dire non, aussi, quand il a proposé de venir me reconduire ?!

Tout simplement parce qu'ils se sont tous ligués contre moi, voilà !

- ✓ Mireille (qui voulait qu'Estéban aille passer la fichue tondeuse sur son terrain) ;
- ✓ Richard (qui semblait croire que je devais absolument aller rejoindre des jeunes de mon âge) ;
- ✓ et bien sûr Estéban (très content de me kidnapper pour la journée !).

Et moi qui ai été trop gênée pour expliquer que je ne tenais pas à suivre Estéban… Parfois, je me trouve pathétique. Surtout en ce moment, je dirais, alors que le vent me fouette le visage. Je dois même fermer les yeux pour que les moustiques ne se glissent pas sous mes paupières. La joie.

— Dis, tu pourrais pas essayer de suivre le mouvement ? me lance Estéban en tournant la tête à demi vers moi. Tu me déséquilibres…

— Je peux pas. C'est… c'est à cause des moustiques. Je vois rien.

Estéban ralentit et finit par s'arrêter en bordure du chemin. Puis, il essaie de se lever de son scooter, mais je me tiens toujours solidement à lui. Je ne le fais pas exprès. Mes bras sont si crispés que je ne parviens pas à les bouger. Je ne suis vraiment pas faite pour ce mode de transport…

Ça en fait deux, avec l'avion.

— Ça va, tu… tu peux me lâcher ? J'ai quelque chose qui va t'aider.

Tout en me disant cela, Estéban se libère lentement de ma poigne et se redresse, avec un petit sourire en coin. Moi, je secoue les mains et finis par récupérer une certaine mobilité. J'ai des fourmis dans les bras à force de les avoir tenus ainsi, et ce n'est pas agréable du tout. De son côté, Estéban fouille dans un des sacs attachés à sa monture et en sort une paire de grosses lunettes de ski. Il me les tend, tout fier.

— Tiens, mets ça.

Je les saisis du bout des doigts, méfiante. Porter ces horreurs ? Pas convaincue… Mais Estéban ne me laisse pas le choix : il reprend les lunettes, étire l'élastique pour les faire passer par-dessus mon casque et me les pose sur le visage. Finalement, ce n'est pas si mal.

Il se réinstalle ensuite sur le scooter, mais cette fois, il attrape mes mains et les pose sur son ventre, et non sur sa poitrine. De cette manière, mes bras ne sont pas aussi hauts, et c'est beaucoup plus confortable, je dois bien l'avouer.

Puis, nous nous réengageons sur la route. Grâce aux lunettes, je peux enfin garder les yeux ouverts. Le trajet me semble ainsi beaucoup moins pénible. Dix minutes plus tard, Estéban sort de la route et emprunte un sentier. Celui-ci nous mène directement à une petite plage que je n'avais pas aperçue.

Eh misère…

Il y a déjà une tonne de jeunes sur place. Je pensais qu'Estéban m'amènerait chez Sam, et non ici. Une fois le scooter arrêté, je retire mes bras de sa taille, les croise sur ma poitrine et me recroqueville.

Mécanisme de défense ridicule, je le sais bien…

Mais Estéban semble s'en rendre compte, car, après avoir retiré son casque, il se penche vers moi pour me murmurer :

— Je dois juste leur donner quelque chose. Tu veux que je te présente, ou… ?

Je secoue la tête avec énergie. Non, je vais l'attendre.

— Comme tu veux. Mais… ils ne vont pas te manger, tu sais.

— Non, j'ai dit. Je reste là.

OK, j'ai peut-être été un peu sèche. Ce n'est pas ma faute. Toute cette situation me rend horriblement nerveuse. Je déteste les attroupements. Encore plus depuis… depuis la fin de l'année dernière. Mais ça, c'est une autre histoire.

J'observe Estéban qui s'éloigne sans se vexer de mon ton désagréable, un sac rempli de boissons dans les mains. Il les dépose par terre, discute quelques minutes avec l'un et l'autre, avant de revenir vers moi au pas de course.

— Désolé si ça a été long. Bon, t'es prête ?

Même pas besoin de répondre quoi que ce soit, car je n'ai pas pris la peine de retirer mon casque. Il s'installe devant moi, et nous voilà repartis. Je commence même à apprécier la route et le vent qui souffle contre moi. Estéban doit le remarquer, car je relâche ma pression sur son ventre et il me jette un coup d'œil, avant de se concentrer de nouveau sur le chemin.

Lorsque nous arrivons devant la maison de Sam, je suis presque déçue…

Presque.

M'attendant à ce qu'Estéban reparte aussitôt après être descendue de son scooter, je suis surprise de le voir arrêter son engin et se relever à son tour.

— Euh… je… ben… merci pour le *lift* *, dis-je en lui tendant le casque qu'il m'a prêté ainsi que les lunettes de protection.

— De rien, répond-il en déposant le tout sur le siège de son scooter avant de retirer son propre casque.

* *Lift* – Transport fourni à quelqu'un.

Il hésite, puis se gratte la nuque avant de reprendre :

— Tu… tu me montres tes quartiers ?

— Mes quartiers ?

— Ben… ta chambre, quoi, lâche-t-il en haussant les épaules.

— Ah, c'est que…

— D'ailleurs, je vais t'aider à entrer tes achats, ajoute-t-il en attrapant le sac de plastique qu'il avait rangé dans sa petite valise.

Je n'ai pas trop le choix. Je me dirige donc vers la maison, Estéban sur les talons.

#ACCROAUXDIY

Ne sachant si je dois sonner ou pas avant d'entrer, je finis par pousser simplement la porte en cherchant Sam des yeux. On dirait qu'il n'est pas là. Pourtant, il a laissé la porte déverrouillée, alors il ne doit pas être bien loin. D'un autre côté, je n'ai pas vu son camion sur le terrain. Bizarre.

Je retire mes sandales et grimpe l'escalier pour me diriger vers ce qui me sert de chambre. Estéban me suit et lance le sac sur mon matelas, en lâchant un long sifflement.

— Ouais, c'est petit… Sam aurait pu te mettre au sous-sol, non ? Il y a un super bel appartement en bas, en plus ! Bon, c'est un peu humide, et la table de ping-pong prend toute la place, mais…

— T'es déjà venu ici ?

— Évidemment.

— Pourquoi tu voulais voir mes quartiers, alors ?

— Euh…

Il n'a pas le temps de se trouver une excuse que le bruit du camion de Sam nous parvient.

Nous nous dépêchons de redescendre pour aller l'accueillir sur le balcon avant, mais Sam ne semble pas de très bonne humeur en apercevant Estéban.

— Qu'est-ce que tu fais ici, toi ? Mireille attend que t'ailles passer la tondeuse chez elle !

— Ouais, j'y allais, j'y allais, réplique le principal intéressé en levant les yeux au ciel, avant de dégringoler les marches en vitesse.

Sam soupire, mais entre tout de même dans la maison, nous laissant ainsi seuls, Estéban et moi. Juste avant de démarrer son scooter, celui-ci se tourne vers moi.

— Je vais t'envoyer une demande d'amitié sur Snapchat. C'est quoi, ton pseudo ?

— Je… j'ai pas… je suis pas là-dessus.

— Sérieux ? Sur Facebook, alors ?

Je secoue la tête, horriblement mal à l'aise. Je ne vais quand même pas lui expliquer pourquoi je ne suis plus sur les réseaux sociaux. Les insultes et les menaces, c'était beaucoup plus que ce que je pouvais supporter…

— OK, t'as un cell, alors ? Donne-moi ton numéro, je pourrai t'écrire.

— Ben… donne-moi le tien, ce sera plus simple, dis-je même si je n'ai aucune intention de lui envoyer le moindre texto.

Estéban se relève, vient me rejoindre et tend la main vers moi.

— Donne-moi ton cell, je vais y inscrire mon numéro.

Je fouille dans ma poche arrière en me disant que plus vite il notera son numéro dans mon téléphone, plus vite il partira. Je déverrouille l'appareil et le dépose dans sa main ouverte. Estéban pianote rapidement et, au moment où il relève la tête, la sonnerie de son propre téléphone résonne dans sa poche. Il me fait un clin d'œil tout en me redonnant mon cellulaire et en attrapant le sien.

— Comme ça, moi aussi, j'aurai ton numéro… Bon, faut que j'y aille ! lance-t-il en retournant s'asseoir sur son scooter.

Puis, avant de mettre son casque sur sa tête, il s'écrie :

— On organise un party*, le week-end avant la rentrée scolaire. Je t'envoie les détails tout à l'heure. Ce serait vraiment cool que tu viennes ! *Ciao !*

* Party – Fête, soirée.

Pas le temps de lui dire que la probabilité que j'aille à ce party est de 0,000 000 09 %.

Et encore, je suis généreuse.

Je ne sais pas trop ce qu'il attend de moi, Estéban, mais il risque d'être très déçu. Sur ces pensées, je retourne à l'intérieur, où je découvre Sam couché sous le lavabo de la salle de bain, en train de réparer je ne sais quoi. Tout ce que j'espère, c'est que je pourrai prendre une douche chaude aujourd'hui, contrairement aux autres soirs de la semaine.

En attendant, autant me concentrer sur la réparation des rideaux de ma chambre, me dis-je en grimpant à l'étage. J'entre dans la pièce, j'attrape mon sac en plastique et je décroche les rideaux de leur tringle. Puis, je vais porter le tout sur la table de la cuisine. J'étends le tissu et je vérifie où se trouvent les trous. Ça ne devrait pas être trop difficile à réparer. Zut, j'ai encore oublié un truc…

Décidément, je préférais habiter dans un appartement. Je n'avais pas besoin de constamment monter et descendre un escalier pour me rendre à ma chambre…

Je retourne donc une fois de plus là-haut, je fouille dans mon premier tiroir et j'y prends mon outil préféré : le pistolet à colle. Je le tiens à la hauteur de mes yeux durant quelques secondes.

J'en ai fait, des DIY, avec ce pistolet.

Des grognements me parviennent. C'est Sam qui se plaint qu'il n'a pas acheté le bon tuyau. J'entends le claquement de la porte quand il sort de la maison. Le bruit du moteur de son camion. Les pneus qui crissent. Et voilà, je suis seule.

Je prends une bonne inspiration. Enfin… Ça fait un bien fou de me retrouver sans personne autour de moi pour m'analyser. Pas que Sam soit si envahissant, mais je ne peux pas être moi-même quand il est dans les parages.

Moi-même…

Si seulement je pouvais le redevenir. Je fixe toujours mon pistolet à colle. Puis, le désir est plus fort que tout. Le besoin de refaire une vidéo. Je jette un œil sur les marches menant à la cuisine. J'ai tout ce qu'il me faut. Je pourrais enregistrer un DIY sur mon ordinateur portable. Oui, mais où est-ce que je publierais la vidéo ? Sur mon ancienne chaîne YouTube ? Pas question. À moins que j'en démarre une nouvelle…

Fébrile, les mains moites, je me rends lentement vers la table où j'ai déposé toutes mes affaires. C'est maintenant ou jamais. Je ne sais pas dans combien de temps Sam reviendra. Le temps presse. Je dois m'activer plus que ça !

C'est comme si une lumière s'était allumée en moi. Je cours partout pour installer mon matériel. Je vais jeter un coup d'œil par la fenêtre. Pas de trace de la camionnette de Sam.

Je place le portable, puis je fais des tests de lumière, de voix, de cadrages. En moins de deux minutes, tout est prêt. Je n'ai plus qu'à me placer derrière la table et à faire ce que je sais si bien faire. Juste avant, je regarde une dernière fois en direction du balcon. Ça va. Pas de trace de Sam. J'ai sûrement le temps de commencer ma vidéo.

Je me précipite vers l'ordinateur, j'inspire un bon coup, puis j'appuie sur le bouton d'enregistrement.

Trois, deux, un… *Go !*

ACCUEIL | À PROPOS DE MOI | MES DIY | FAQ | CONTACTEZ-MOI

Suivez-moi !

RSS

YouTube

0 abonné

COMMENT CUSTOMISER SES RIDEAUX !

Bonjour, tout le monde ! Ici Maélie ! Bienvenue sur mon blog ! Je vous invite à me suivre en vous abonnant à mon fil RSS ainsi qu'à ma toute nouvelle chaîne YouTube !

Aujourd'hui, j'ai décidé de faire un DIY bien spécial ! Parce que… peut-être que vous ne le savez pas, mais je viens d'emménager… à l'autre bout du monde ! Sauf que ma chambre, ici, est trooooop affreuse ! Du genre BEURK !

Pour la rendre un peu plus « funky » et surtout pour y mettre ma petite touche bien spéciale, je vais CUSTOMISER mes rideaux ! Ce sera vraiment à la Pinterest ou à la Instagram, disons. Bref, facile à faire.

Oh, et avant de démarrer la vidéo, je vous invite tous et toutes à prendre en

Suivez-moi !

RSS

YouTube

0 abonné

photo les résultats de vos propres DIY, si vous décidez de customiser vos rideaux vous aussi !

Alors, voilà ! *Go* pour ma vidéo !

Donc, pour débuter, vous aurez besoin…

- de ciseaux (évidemment !) ;
- de vieux rideaux (je sais, les miens sont affreux, mais attendez de voir le résultat !) ;
- d'un ruban de pompons (j'en ai choisi de superbes, roses !) ;
- d'autant de pastilles de couleur que vous voudrez (moi, j'ai pris des étoiles en jeans !) ;

Suivez-moi!

RSS
YouTube

0 abonné

- et, bien évidemment, d'un pistolet à colle chaude (l'outil de prédilection de toutes les bricoleuses!).

Maintenant, allons-y avec les différentes étapes!!!

Étape numéro un:

D'abord, il faut étendre à plat un pan de rideau sur une surface lisse, une table, par exemple. Mais vous pouvez aussi l'étendre sur le plancher, tout simplement. Assurez-vous tout de même que la surface est propre!

Étape numéro deux:

Mesurez la longueur du pan de rideau et coupez un ruban de pompons de la même longueur.

Suivez-moi !

RSS

YouTube

0 abonné

Étape numéro trois :

Avec votre pistolet à colle chaude (qui aura été chauffé au préalable), déposez un mince filet de colle tout le long du pan de rideau. N'en mettez pas trop ! Sinon, ça risque de déborder et ce ne sera pas joli...

Étape numéro quatre :

Posez le ruban de pompons sur la colle chaude. C'est mon étape préférée ! On commence enfin à voir le résultat de notre DIY !

Étape numéro cinq :

Répétez les étapes un à quatre, mais avec le second pan de rideau, cette fois.

Étape numéro six :

Maintenant, on doit réparer les multiples trous qu'il y a sur les rideaux. Pas besoin qu'il y ait des trous pour poser des pastilles de couleur, hein ! D'ailleurs, s'il n'y a pas de trous, ce sera plus facile pour vous de les appliquer là où vous le voulez. Pour ma part, je vais mettre mes étoiles en jeans directement sur les trous, en plaçant de la colle chaude sous les étoiles. Comme ceci... Voilà !

ACCUEIL | À PROPOS DE MOI | MES DIY | FAQ | CONTACTEZ-MOI

Suivez-moi !

RSS

YouTube

0 abonné

Je vous laisse terminer ces étapes et, pendant ce temps, je vais moi-même les suivre, mais en accéléré ! Allez, hop !

Tadam !!! C'est joli, n'est-ce pas ? Je dois avouer que je suis particulièrement fière du résultat ! Il ne me reste qu'à installer mes nouveaux rideaux customisés dans ma chambre !

J'espère que vous avez aimé ma vidéo. Si c'est le cas, n'oubliez pas de mettre un « j'aime » et, surtout, n'hésitez pas à vous abonner à ma toute nouvelle chaîne YouTube !

J'espère que vous allez m'écrire en grand nombre !

Byyyyyye, les amis !!!

Estéban

Salut, toi ! Comme promis, voici les infos pour le party.

Estéban

32, rang du Boisé
Samedi 1er septembre

Estéban

Arrive tout de suite après le dîner.

Estéban

Et apporte ton maillot !

Maman

Alors, ma belle, tu te plais chez Sam ?

Dimanche 26 août

Moi

Ça va. Il est gentil.

Maman

Super. Papa et moi, on t'embrasse.

Maman

N'hésite pas à nous écrire si tu as besoin de quelque chose.

Moi

👍

Maman

😘

#VOISINFOU

Mardi 28 août

Elle est parfaite, ma vidéo. J'ai fait les ajustements nécessaires, les coupures aux bons endroits, j'ai ajouté une musique de fond et des images rigolotes. Il ne me reste plus qu'à la mettre en ligne sur ma nouvelle chaîne YouTube. Mais j'hésite. Je fixe le bouton d'envoi sans oser appuyer dessus. Ça signifie tellement pour moi…

Et revenir dans le monde virtuel, ça veut aussi dire donner du jus à mes anciens détracteurs, ceux qui ne pensaient qu'à se moquer de moi et à me faire du mal. J'ai déjà donné. Je n'ai pas le courage de recommencer. Parce qu'ils pourraient très bien me retrouver, même si j'ai choisi un nouveau nom pour ma chaîne. J'avais baptisé l'ancienne « Bricole avec moi ! » J'avais seulement dix ans, à l'époque. C'était un peu bébé…

Cette fois, j'ai décidé d'y aller plus simplement avec « Les DIY de Maélie ». Je ne devrais peut-être pas mettre mon prénom. Ça me rend plus facile à retracer...

Trop facile à retracer, en fait…

Frustrée autant contre moi que contre toute cette situation, je referme mon ordinateur d'un coup sec. Je devrais y faire un peu plus attention, il a coûté assez cher à mes parents. Pourtant, je m'en fiche complètement. Pour eux, l'argent n'a jamais été un problème. Ni les cadeaux. C'est plutôt le temps qui semblait toujours leur manquer…

D'ailleurs, depuis mon arrivée chez Sam, c'est à peine s'ils m'ont donné de leurs nouvelles. Un petit texto avant-hier, et depuis, silence radio. Même Estéban m'a écrit davantage que ma propre mère !

Mais je ne suis guère mieux. Je n'ai pas non plus pris le temps de lui écrire. En même temps, ce n'est pas comme si nous nous parlions très souvent lorsque je vivais chez eux. Ils n'étaient jamais là !

Je n'ai pas envie de ressasser mes idées noires, alors je repousse mon portable et me lève d'un coup. Il est encore tôt et, puisque le soleil se couche tard en été, autant en profiter pour aller visiter le coin. Je n'ai pas l'intention de me rendre jusqu'au village (pour ça, il me faudrait un moyen de transport), mais je peux quand même me promener un peu sur le terrain. Celui-ci est vaste, et je n'en connais même pas les limites.

Juste avant de sortir de la maison, j'attrape mon bonnet aux oreilles de chat, qui ne me quitte jamais très longtemps. Une fois dehors, je cherche Sam des yeux. Il est occupé à couper du bois, près d'une vieille cabane. Je vais le rejoindre et j'attends qu'il me remarque pour lui dire :

— Je vais faire un tour, d'accord ?

Il dépose sa hache, s'essuie le front, puis répond :

— OK, mais va pas trop loin. Jc vais commencer à préparer le dîner bientôt. Et c'est pas tellement défriché, par là-bas. Je veux pas que tu te perdes…

Je hoche la tête, puis je tourne les talons. Tout en marchant, je sors mon cellulaire de ma poche et j'y branche mes écouteurs, que je pose sur mes oreilles. Puis, au rythme dc la musiquc choisie au hasard, j'avance en donnant des petits coups de pied sur les cailloux que je rencontre.

C'est à peine si je regarde ce qu'il y a autour de moi. Pourquoi ai-je décidé de prendre l'air, au fond ? Juste pour ne plus me retrouver emmurée dans ma minuscule chambre. Oui, mes nouveaux rideaux embellissent le tout, mais il faut parfois plus qu'un peu de Pinterest pour nous rendre le sourire et nous faire voir le bon côté des choses.

Je ne suis pas déprimée. Je suis juste un peu lasse. Et je m'emmerde, par ici. Au moins, chez moi, je pouvais aller faire les magasins, me promener dans les friperies, regarder la vie des autres défiler devant mes yeux. Bon, ça, c'était avant. Mais quand même. Ici… il n'y a rien. Que des milliers de moustiques qui me dévorent la peau des jambes.

J'assène une solide claque sur ma cuisse et grimace un peu en remarquant le moustique écrasé, gorgé de sang.

Beurk !

Qu'est-ce que je fais ici ?! Je soupire, mais je finis par ralentir en remarquant que, sans le vouloir, j'ai emprunté un chemin dans le bois menant je ne sais où. J'aurais dû écouter Sam et ne pas aller là où l'herbe n'était pas coupée.

Je ne reconnais pas les lieux, et pourtant je ne suis pas non plus perdue en plein bois.

Je sais que je ne suis plus sur le terrain de Sam, car devant moi, il y a une minuscule maison.

Elle est entourée de sapins, et le gazon n'y a pas été tondu depuis des lustres. Ça ne doit pas être là qu'habite Mireille, puisqu'Estéban devait aller s'en charger. Curieuse, je m'approche lentement d'une fenêtre, afin de tenter de voir ce qui se trouve à l'intérieur. Les lieux semblent abandonnés; c'est pourquoi je me permets d'être si fouineuse.

Il n'y a pas de lumière dans la maison, et c'est à peine si je peux voir quoi que ce soit. C'est alors qu'un bruit de branches cassées me fait tourner la tête en vitesse. Derrière moi, quelqu'un se tient bien droit, sans bouger. Un vieil homme. Il me fixe comme si j'étais un fantôme. Je frissonne. Pourtant, il ne fait pas froid du tout. C'est que l'inconnu tient un pauvre petit lapin sans vie par le cou.

OH! MY! GOD!

L'homme a une longue barbe grise mal entretenue. Des mains pleines de terre. Des ongles crasseux. Une vieille salopette verte, par-dessus une chemise roulée sur ses avant-bras. Je recule d'un pas, mais je me heurte à la bâtisse dans mon dos.

Enfin, l'inconnu semble reprendre vie, car il lève la main vers moi, comme s'il voulait me faire comprendre qu'il n'est pas dangereux. Mais moi, je ne vais pas rester là pour autant, à attendre qu'il me saute à la gorge. Cet homme est juste trop bizarre !

Je fonce vers ma droite afin de rejoindre le sentier par lequel je suis arrivée quand sa voix résonne derrière moi. J'ai à peine le temps d'entendre ce qu'il marmonne que je suis déjà loin. Je cours à m'en cracher les poumons. Hors de question que cet individu mette la main sur moi. Qui sait le sort qu'il pourrait me réserver !

Affolée, je repousse les branches qui me fouettent le visage, j'évite les racines pour ne pas trébucher et je débouche enfin sur la route principale.

#FAIREDUSTOP

Je prends le temps de reprendre mon souffle en appuyant mes mains sur mes cuisses, le corps plié en deux. L'homme ne semble pas m'avoir suivie, car je n'entends pas de bruit provenant du sentier. Je ne sais pas ce qu'il avait, celui-là !

Et pourquoi il tenait un lapin mort dans sa main ? C'est juste méga cruel !

OK, je n'aurais pas dû entrer sur son terrain, mais ce n'est quand même pas la fin du monde non plus. Je n'ai touché à rien ! Et c'est quoi, ce truc qu'il m'a dit ? J'essaie de me concentrer sur les mots qu'il a prononcés ;

« C'est toi ? »

Pourquoi il a dit ça ? J'ai l'impression qu'il m'a prise pour une autre. J'ai bien fait de partir de là au plus vite. En me redressant, je me propose de demander à Sam s'il sait de qui il s'agit. Probablement que oui ; c'est si petit par ici que tout le monde doit se connaître.

Je voudrais aller lui poser la question tout de suite, mais très franchement, je ne suis plus certaine de savoir où je me trouve. J'imagine qu'en longeant la route je finirai bien par retrouver mon chemin. Hésitante, je recommence à marcher. Il n'y a pas tellement de voitures qui circulent à cette heure de la journée, et c'est pourquoi je sursaute lorsque j'en entends une qui passe à toute vitesse près de moi.

Surtout que celle-ci s'arrête en faisant crisser ses pneus à moins de trois mètres de moi. Une tête sort par le toit ouvrant du véhicule. Les longs cheveux de la fille cachent son visage. Elle les repousse, avant de me héler :

— Hé, toi ! Allez, dépêche !

Je tourne la tête, juste pour m'assurer que c'est bien à moi qu'elle parle. Je ne la connais pas et je suis quasiment certaine de ne l'avoir jamais vue de ma vie ! Qu'est-ce qu'elle peut bien me vouloir, au juste ? Comme elle ne me semble pas trop menaçante, je me décide à aller voir ce qu'elle veut me dire.

Lorsque j'arrive à sa hauteur, elle s'engouffre dans la voiture, avant de se pencher pour ouvrir la portière arrière. Euh… sérieux ? Comme je ne fais pas un seul mouvement pour grimper à bord, la fille finit par s'énerver et se rapproche pour lancer :

— Tu te dépêches, ou quoi ? Mon frère ne va pas t'attendre toute la journée !

— Ton frère ? dis-je en jetant un coup d'œil vers celui qui tient le volant, à sa gauche.

Il est un peu plus vieux et semble plus préoccupé par son cellulaire que par le fait de m'attendre, je dirais.

— C'est que… je te connais pas. Et toi non plus, tu me…

— Tu faisais pas du stop ?

Je secoue alors la tête, comprenant sa méprise.

— Ben qu'est-ce que tu fous sur le bord du chemin, alors ? reprend-elle.

— J'habite pas très loin, c'est tout. Enfin… je pense. Je suis un peu perdue, en fait, finis-je par avouer en me mordant la lèvre.

— Pas de problème, on va aller te reconduire. Mais dépêche-toi et monte !

Sa voix est si autoritaire que sans même m'en rendre compte, je m'exécute et m'assois derrière d'elle. Elle donne ensuite un coup sur le siège de son frère pour lui signaler de repartir. Ce dernier lance son cellulaire sur les genoux de sa sœur, regarde à peine son angle mort, puis redémarre en faisant crisser ses pneus.

Je me dépêche de m'attacher tandis que la fille se présente :

— Moi, c'est Pam. Paméla, en fait. Sauf que je déteste mon prénom, alors tu peux m'appeler juste Pam. Comme tout le monde. Et toi, t'es qui, au juste ? Je t'ai jamais vue dans le coin. Tu viens de déménager ? T'es en quelle année ? On risque d'être dans la même classe si on a le même âge, vu qu'il y en a juste une et que…

— Non mais laisse-la répondre, Pam ! T'es un vrai moulin à paroles ! s'écrie son frère en me faisant un petit clin d'œil dans le rétroviseur.

Mes joues deviennent immédiatement rouge tomate, c'est immanquable ; je pique un fard en fixant mes doigts.

— Pas du tout ! C'est elle qui est pas très causante. Faut que je fasse le travail pour deux ! Donc, tu t'appelles comment ? reprend-elle en se tournant à demi vers moi.

— Maélie, dis-je d'une voix un peu trop aiguë.

Fichue timidité…

— Maélie? Wow, c'est beau, ça! Tes parents ont du goût, eux, au moins! C'est pas comme les miens!

— Bah, parle pour toi, réplique une fois de plus son frère, avant de se présenter à son tour, sans même me regarder. Moi, c'est Félix. T'es la fille de qui, au juste?

Cette fois, je ne sais pas trop quoi répondre. À chaque fois que je mentionne que j'habite chez Sam, tout le monde me fait un drôle d'air. En plus, ce n'est pas mon père, alors c'est compliqué… Comme je n'ai pas trop le choix, je finis par lâcher:

— Je suis venue passer l'année chez… un ami de ma famille. Mes parents sont restés en ville. À Montréal.

— Ouah… pas de parents dans les jambes! Mais c'est la joie! Chanceuse! Moi, je suis coincée avec mon frère et mes parents qui sont TOUJOURS sur mon dos!

— T'exagères encore, Pam…

— Pas du tout! Avoue qu'ils sont constamment après moi!

— Ils veulent juste que tu sois plus mature. Ce qui est pas près d'arriver…, rigole Félix tout en essayant d'esquiver la claque que sa sœur lui assène derrière la tête. Hé ! Je conduis ! Attention !

— Pffft… Ne l'écoute pas, Maé. Je peux t'appeler Maé ? Il se croit super mature, mais c'est loin d'être le cas.

Pas la peine de répondre. Paméla n'attend visiblement pas mon approbation. Je les regarde plutôt se chamailler, tout en sentant que, malgré tout, ils s'aiment bien, ces deux-là. J'aurais aimé avoir un frère ou une sœur, moi aussi. Il y a décidément bien des choses que j'aurais voulu avoir, mais sur lesquelles j'ai dû faire une croix…

Avec tout ça, je ne sais pas plus où je suis exactement. Je me penche vers le conducteur et lui demande s'il sait où habite Samuel Duguay.

— Samuel Duguay… Sam ? Tu parles de Sam ?

— Euh… oui, j'imagine qu'on parle du même…

— Pourquoi tu veux savoir où il habite ? me demande Pam.

— Ben… c'est là que je vis, moi aussi. Avec Sam. Enfin… c'est lui, l'ami de ma...

— Tu habites chez Sam ? Sérieux ? s'exclame-t-elle, les yeux ronds.

— Ouais… pourquoi ?

Elle ne répond pas tout de suite et se contente de jeter un regard à son frère, qui l'imite. Tout ce silence autour de mon hôte commence franchement à me taper sur les nerfs. Qu'est-ce qu'il y a que je ne sais pas à son sujet, au juste ? Ce n'est pas un monstre, que je sache ! Alors quoi ?

Je voudrais avoir le courage de poser la question, mais Pam secoue la tête avant de proposer :

— On allait manger un cornet de glace, Félix et moi. Si tu viens avec nous, on te raccompagne là-bas tout à l'heure. Ça te va ?

— Ben… c'est bientôt l'heure du dîner…

— On s'en fout, c'est l'été ! Sois pas si sage !

— Et de toute manière, la maison de Sam est de l'autre côté, et ça me tente pas de faire demi-tour tout de suite. Ma blonde * m'attend…, mentionne Félix en jetant un coup d'œil à son cellulaire, que sa sœur a posé près du frein à main.

Pam hausse les épaules et me fait un large sourire. Puis, elle sort une fois de plus la tête par le toit rétractable de la voiture. Le vent dans les cheveux, elle éclate de rire avant de me faire signe de venir la rejoindre.

Euh… non, pas question !

* Blonde – Petite amie, amoureuse, copine.

Mardi 28 août

Je ne me détacherai pas. C’est hyper dangereux et, en plus, je ne fais pas confiance à son frère, côté conduite. Je le soupçonne de n’attendre qu’un appel de sa blonde pour reprendre son cell et lâcher la route des yeux.

Je croise les bras, condamnée à patienter jusqu’à ce qu’on me ramène. J’espère juste que Sam ne sera pas fâché contre moi si je suis en retard pour le dîner.

#CORNETDEGLACE GRATUIT

Je n'avais pas encore eu le plaisir de voir le glacier. Je ne suis pas sarcastique du tout. C'est vraiment un endroit agréable. Et en plus, il y a des tonnes et des tonnes de parfums. Je pose les doigts sur la vitre qui protège les glaces, en sentant la faim monter en moi. Ça se voit que l'heure du dîner approche.

Je n'ai jamais été tellement portée sur les desserts et les sucreries. En fait, je ne suis pas vraiment gourmande. Mais ça ne m'empêche pas de profiter d'une bonne glace, de temps en temps. Surtout quand il fait si chaud !

Par contre, en fouillant dans mes poches après avoir fait mon choix, je constate avec déception que je n'ai pas d'argent sur moi. Je n'ai pas songé à en prendre en sortant, tout à l'heure. Je ne pensais pas du tout me retrouver au village, en m'engageant dans ce petit sentier !

Avec de purs inconnus, de surcroît !

Je recule pour laisser passer Pam et Félix devant moi. Avec une moue de regret, je me détourne et m'apprête à m'éloigner, quand Pam m'interpelle.

— Hé, tu prends rien ?

Je hausse les épaules pour toute réponse.

— Voyons ! T'es vraiment nulle ! Allez, ne me dis pas encore que tu veux pas gâcher ton dîner ! On croirait entendre ma mère !

— C'est pas ça… C'est juste que…

— Elle a pas d'argent, termine Félix en attrapant son milk-shake. Pas de stress, on te le paye. Allez, viens choisir.

— Je peux pas… C'est pas… Je vous connais pas et…

— Bah, j'ai des coupons, de toute manière, réplique-t-il en me montrant des petits bouts de papier qu'il me tend pour que je prenne celui que je veux.

Bon, je n'ai plus vraiment d'excuses, alors. Je m'empresse donc de montrer à l'employé au comptoir que je veux une glace arc-en-ciel. J'adore les couleurs. C'est d'ailleurs pour elles que je choisis toujours ma glace, et non pour les parfums…

Avec enthousiasme, Pam m'empoigne par le bras et me tire à l'extérieur pour qu'on s'assoie à une table de pique-nique. Elle se laisse tomber en poussant un long soupir de bien-être. Puis, après avoir mangé un moment en silence, elle revient à l'assaut avec ses milliers de questions :

— Donc, t'as quel âge, tu disais ?

— Treize…

— Secondaire deux ?

— Ouais.

— Cool, comme moi ! Félix est en cinquième, lui. C'est pour ça qu'il se prend pour mon père !

Le principal intéressé ne prend pas la peine de répondre, car il vient de voir apparaître l'élue de son cœur. Celle-ci s'approche doucement du glacier, accompagnée de ses amies. Pam soupire en le voyant saisir sa blonde par la taille, avant de lui planter un long baiser sur la bouche. Moi, plutôt gênée par tant d'effusions, je retourne à mes affaires et détourne le regard.

Mal m'en prend, car je remarque alors un autre groupe de jeunes qui passent de l'autre côté de la rue. Ils viennent de sortir du dépanneur. Celui où travaille Estéban.

Je ne sais pas pourquoi je le mentionne, puisque de toute manière il n'y a qu'un seul et unique dépanneur dans le village. En tout cas…

— Donc, Sam est un ami de tes parents, conclut Paméla, alors que je me cache derrière mon cornet pour ne pas être vue. Bizarre. Je savais pas qu'il avait des amis, lui. Comment il les a connus, au juste ?

— Je sais pas trop, dis-je en revenant à Pam. Ça a un rapport avec ma mère, je pense. Je sais plus.

— Ta mère te l'a pas dit avant que tu viennes ici ?

Que répondre… Je redescends le cornet, j'hésite, puis je finis par murmurer :

— Elle peut pas.

— Pourquoi ?

— Elle… elle est morte. Quand j'étais petite. Je me souviens même pas d'elle, alors…

Pam me fait un air de poisson frit. Mais elle se reprend bien vite en s'exclamant :

— OMG ! T'as pas de mère ! Trop nul, ça ! Scuse. Je suis énervante avec mes questions, mais faut vraiment que je sache… Normalement, tu vis avec ton père ?

Est-ce que ce sera toujours aussi compliqué, chaque fois que je devrai me présenter ? Je n'ai vraiment pas envie de discuter de ma vie de famille avec tout un chacun ! Mais comme Pam est plutôt gentille, bien qu'exubérante (et que son frère m'a tout de même permis de prendre dans ses coupons pour avoir mon cornet), je lui explique :

— Non, je sais pas c'est qui. Mon père, je veux dire. J'ai été adoptée par des amis de ma mère. D'ailleurs, si j'ai bien compris, elle a vécu ici.

— Qui ça ?

— Ma mère. Ma mère biologique. Elle… elle vient du coin ou, en tout cas, elle a grandi dans ce village.

— Ah ouais ? C'est quoi, son nom ? Elle était peut-être amie avec mes parents. Ils habitent dans ce trou perdu depuis toujours !

Le groupe de jeunes fait de plus en plus de bruit. Je suis tentée de les regarder, mais je me retiens. Je ne veux pas croiser le regard d'Estéban.

— Lilianne. Lilianne Cyr.

Pam fronce les sourcils, semble réfléchir, puis marmonne :

— Ça me dit quelque chose, ça… Lilianne… OH, JE SAIS ! s'écrie-t-elle soudain. Attends… Nooooon !

— Quoi ?!

— T'es la fille de Lili ? Vraiment ?

— Je sais pas. C'est qui, Lili ?

— Ta mère, voyons ! Et aussi LA personne la plus…

Les cris des jeunes qui traversent la rue et viennent vers nous en rigolant m'empêchent d'entendre la fin de la phrase de Pam. Elle tourne la tête vers eux, fait claquer sa langue, puis revient vers moi.

— Je t'expliquerai une autre fois. Là, j'ai un petit problème à régler… Minute.

Elle se redresse sur le banc et cherche quelqu'un des yeux. Je ne peux pas résister. À mon tour, je jette un coup d'œil vers ceux qui s'approchent. Et nos regards se rencontrent immédiatement. Zut…

— Argh, pas Estéban !

#BLONDESENSÉRIE

Ce n'est pas moi qui ai marmonné ces paroles, mais Pam. Surprise, je vérifie qu'elle parle bien de celui que j'essaie d'éviter depuis mon arrivée dans le coin. Pas besoin de lui poser la question, elle se fait un plaisir de tout lâcher avant que ce dernier n'arrive à notre hauteur :

— V'là mon ex. J'aurais jamais dû le fréquenter, lui. Je sais pas pourquoi il vient me parler. Mais j'imagine qu'on va finir par le savoir…

Estéban se plante effectivement devant nous sans la moindre gêne.

— Hé ! Paméla…

— Ne m'appelle pas comme ça. Tu sais que je déteste mon prénom, réplique celle-ci.

Estéban ne se soucie pas de sa remarque. Il continue plutôt :

— T'as rencontré la nouvelle ?

— Ouais, elle traînait sur le bord du chemin. Pas eu le choix de la ramasser, lance Pam en rigolant.

— Fallait m'écrire, Maélie, je t'aurais donné un *lift*, tu sais, me dit Estéban en fronçant les sourcils. En plus, t'as mon numéro, alors…

Je secoue la tête, mal à l'aise. Surtout que Pam nous regarde tour à tour, l'air de se demander s'il se passe un truc entre nous.

SAUF QU'IL NE SE PASSE RIEN DU TOUT !

— C'était pas prévu…, dis-je, en m'efforçant sans succès de soutenir son regard.

— C'pas grave… Mais ça tombe très bien que vous soyez là, les filles ! Tu te souviens du party dont je te parlais ? Je t'ai envoyé des textos à ce sujet. Tu les as reçus ?

Comme je hausse les épaules tout en voulant fondre sur place, il continue.

— Ben, comme chaque année, il a lieu ce samedi, juste avant la rentrée. Ça vous tente de venir ?

— Où ça ? demande Pam, à ma plus grande surprise.

— Chez moi, voyons ! Comme d'hab ! Et tout le monde est invité !

— OK, on va voir si ça nous tente, Maé et moi.

— Super ! conclut Estéban en reculant lentement.

Il ne semble pas vouloir partir, mais un de ses amis crie son nom et il finit par tourner les talons pour repartir en courant. Je me penche aussitôt vers Pam et lui demande :

— Tu es sérieuse ? Tu veux aller à ce party chez ton… ton ex ?

— Bah, si je lui fais la gueule durant des semaines, je risque de m'emmerder. En plus, on s'est pas fréquentés assez longtemps pour que je sois en chagrin d'amour ! De toute façon, les partys se font toujours chez Estéban, alors j'ai pas trop le choix. Et même si c'était pas un chum * génial, c'est un gars cool.

Je ne me retiens pas très longtemps de lui poser la question qui me brûle les lèvres :

— Pourquoi vous vous êtes quittés ?

Elle hausse les épaules avant de lâcher, mine de rien :

— Estéban, il est pas capable de fréquenter quelqu'un très longtemps. Il aime pas la routine. D'ailleurs, j'ai bien vu comment il te regardait, tu sais…

— Non, non, c'est pas…

* Chum – Petit ami, amoureux, copain.

— T'en fais pas avec ça. Je suis pas jalouse. Et puisque tu es la petite nouvelle, c'est tout à fait normal qu'il s'intéresse à toi. Mais te fais pas trop d'idées, il va se lasser assez vite, puis passer à autre chose. Je te dis pas ça pour être méchante. Je veux juste t'avertir.

— Il est pas mon genre, de toute manière, dis-je, vexée. Et je me cherche pas de chum !

— Parfait, alors. Je sens qu'on va bien s'entendre, toutes les deux. Les gars, c'est toujours un paquet de problèmes ! conclut-elle avant de recommencer à manger son cornet.

J'acquiesce en me remémorant certains passages peu glorieux de ma vie. Chaque fois que j'ai cru que l'un d'eux s'intéressait à moi, ça a été pour me rendre compte qu'il ne voulait que se moquer de moi. Je suis trop naïve. Mais je ne compte pas laisser l'occasion à Estéban de me faire un coup semblable.

Félix revient vers nous à ce moment, le bras passé autour de la taille de sa blonde. Il mentionne à sa sœur qu'il ne rentrera pas à la maison de sitôt, et celle-ci grogne.

— Mais on va rentrer comment, Maé et moi ?

— Débrouille-toi, lâche-t-il sans la moindre empathie.

— T'es trop nul ! Je comptais sur toi !

Il se moque des gémissements de Pam et nous abandonne sur place. Celle-ci attrape son cellulaire et me promet qu'elle va trouver une solution. Je la regarde faire un moment, puis je l'imite. Je n'ai qu'à appeler Sam, après tout. C'est vraiment nul, je trouve, de devoir demander des *lifts* à tout le monde pour se déplacer. Le mieux, ce serait que je me trouve un vélo. Ainsi, je serais plus indépendante.

Inspirée, je relève la tête pour demander à Pam s'il y a un magasin qui en vend au village.

— Ben… pas vraiment. Faudrait aller dans la ville voisine pour en trouver un neuf, réplique-t-elle.

— Qui a dit que j'en voulais un neuf ? Il doit bien y en avoir des usagés, non ?

Cette fois, ses yeux s'illuminent. Elle me fait signe de la suivre et je m'exécute, en accélérant le pas. Après avoir parcouru quelques rues, Pam s'arrête face à un vieux garage, où elle pénètre en frappant sur la porte métallique. Je reste en retrait, un peu intimidée.

— Youhou ! Pierre ? Tu es là ?

Un homme sort alors de sous le capot d'une voiture, le visage taché de noir, mais un large sourire lui éclairant les traits.

— Hé, la petite Pam ! Tu grandis en beauté, toi ! Qu'est-ce que tu viens faire ici ?

— Mon amie et moi, on se cherche des vélos usagés. Tu en as ?

— Bien sûr ! Allez faire un tour dans la cour arrière. Ils sont un peu rouillés, mais ils fonctionnent très bien. Je le sais, je les ai vérifiés.

— Super, merci ! s'écrie-t-elle. Combien on te doit ?

— Mais rien du tout, voyons ! Par contre, tu salueras ton père de ma part. Et dis-lui que j'ai remarqué que son pot d'échappement faisait pas mal de bruit quand il se promenait dans le village. Dis-lui de m'appeler, on va vérifier ça.

Pam le remercie chaleureusement en lui promettant de faire passer le message sans faute, puis elle sort en courant du garage. Je l'imite, non sans avoir jeté un petit coup d'œil au garagiste, qui est déjà retourné à son moteur. Dans la cour, nous trouvons plusieurs vieux vélos couchés dans l'herbe. J'en saisis un qui me semble à ma taille, et Pam fait de même.

Je ne suis pas super douée pour pédaler, mais au bout de quelques minutes, je finis par prendre un peu plus d'assurance. Et c'est le cœur joyeux que je parcours le chemin du retour, Pam à mes côtés !

Sauf que le trajet est pas mal plus long que prévu…

Je me sens un peu coupable d'arriver si tard. Lorsque je pose mon nouveau vélo contre le mur de la maison de Sam, je me dépêche de grimper sur le balcon, puis de pousser la porte. Le soleil a commencé à descendre dans le ciel, et aucune lumière n'est allumée, à l'intérieur.

C'est comme si personne n'était là. Pourtant, j'entends la respiration régulière de Sam. Il dort sur le sofa. C'est une habitude, chez lui. Je passe tout près et je le regarde un moment, avant de me rendre jusqu'à la cuisine. Là, je trouve un mot écrit pour moi.

Ton repas est dans le frigo.
La prochaine fois, appelle si
tu penses être en retard…

Aïe… Il est peut-être fâché contre moi. Et pour une raison que je ne peux pas m'expliquer, cela me fait de la peine. Je ne veux pas le décevoir ni lui causer le moindre problème. Il est déjà assez gentil de m'accueillir chez lui…

Je saisis mon assiette dans le réfrigérateur, je la fais réchauffer deux minutes dans le micro-ondes, puis je vais m'asseoir à table pour manger. C'est un macaroni. Très bon. En plus, Sam y a mis des brocolis, sûrement pour me faire plaisir.

Double sentiment de culpabilité…

Une fois mon repas terminé, je me dépêche de nettoyer mon assiette dans l'évier. Puis, je repasse par le salon et m'arrête près de Sam. J'hésite, mais je décide de laisser mon cœur parler un moment…

Je me penche et j'attrape la couverture de laine, qui a glissé jusqu'à ses pieds, pour la replacer à la hauteur de ses épaules, en douceur. Il gémit dans son sommeil. Je me redresse et file vers ma chambre en vitesse, comme si j'avais honte de vouloir lui rendre service. De vouloir créer des liens avec la seule personne qui s'occupe de moi en ce moment…

0

Estéban

Alors, tu m'as toujours pas répondu. Tu vas venir ou pas, à mon party ?

Estéban

Je vais finir par croire que tu m'ignores volontairement...

Estéban

C'est bon, je te laisse tranquille. Mais j'espère VRAIMENT te voir au party.

Paméla

Ouf, j'ai tellement mal aux jambes, c'est incroyable.

Mardi 28 août

0

Paméla

Et toi, ça va ?

Paméla

Moi, je peux à peine me lever de mon lit, ce matin.

Paméla

Tu dors encore ?

Paméla

Appelle-moi quand t'as deux minutes. On fera quelque chose. Je m'emmerde trop. Y a rien à faire chez nous.

#ENCOREUNDIY

Jeudi 30 août

Je me réveille. Pas à cause du soleil qui m'éblouit, même les yeux fermés. Ni parce qu'il y a du bruit en provenance de la cuisine. En fait, c'est tout le contraire. C'est le silence anormal des lieux qui me fait ouvrir un œil. Je n'ai pas besoin d'aller vérifier pour savoir que je suis seule dans la maison.

Mais le silence est seulement à l'intérieur. Parce que dehors, il pleut à verse, et je peux entendre chaque goutte de pluie tomber sur le toit en tôle, au-dessus de ma tête. C'est peut-être ce son, après tout, qui m'a tirée du sommeil…

Je m'étire dans mon lit, avant de me rendre jusqu'à la cuisine. Puis, je saisis mon cellulaire, que j'ai branché sur une des seules prises électriques de la maison la veille. Un message de mes parents. Enfin…

Maman

Salut, ma belle. C'est ton anniversaire aujourd'hui. Qu'est-ce que tu aimerais avoir comme cadeau ? Fais-nous une liste, et on t'enverra ça par la poste.

Je souris à demi. C'est gentil de leur part d'y penser. Même si je préférerais de beaucoup qu'ils viennent me voir à la place. Avoir treize ans, ce n'est pas la fin du monde, et je n'ai besoin de rien. Quoique… autant en profiter. Inspirée, je réponds :

Moi

Un serre-tête avec des oreilles de chat. Voir photo.

Moi

Ah et… si c'est possible, j'aimerais bien que vous m'envoyiez ma caméra. Elle est dans le placard de ma chambre.

Jeudi 30 août

Moi

Merci XXX

Maman

Ça nous fait plaisir !

Maman

Mais bon... pour le serre-tête,
je vais voir ce qu'on peut faire.
On le trouve dans quel magasin ?

Moi

Je vous envoie le lien Internet.

Maman

Super ! Passe une belle journée !

Jeudi 30 août

0

Moi

Vous aussi.

Je cherche le lien de mon magasin en ligne préféré, puis je le lui envoie en un clic. Une fois que c'est fait, je lève les yeux et découvre un second mot. Écrit à la main, celui-là. Et collé à la porte de ma chambre laissée ouverte. Il provient de Sam. Je me lève pour aller le lire.

Je grimace. C'est que nous nous sommes à peine reparlé depuis mon arrivée tardive de l'autre soir, Sam et moi. J'espère qu'il n'est pas fâché et que ce n'est pas la raison pour laquelle il est parti sans me réveiller. Je déteste cette impression qui m'envahit : je me sens coupable…

Mais il n'y a pas que ça. J'ai aussi affreusement peur qu'il me renvoie chez moi.

Pas que je ne veuille pas y retourner ! C'est juste que j'aurais l'impression d'être une fois de plus rejetée.

Bon, ne pas paniquer.

Sam est juste allé chez la voisine. C'est écrit noir sur blanc. En plus, ça pourrait même me permettre de tourner une autre vidéo…

Oui, voilà ! Ça me changera les idées et, de toute manière, il y a encore pas mal de travail à faire dans cette chambre, pour la rendre plus accueillante. Par où commencer ? Je replace mes couvertures et m'assois sur mon lit afin de bien observer les lieux. Comme aucune idée ne me vient, je ramasse mon téléphone, posé par terre près de la prise électrique.

Il ne me faut que quelques secondes à peine pour trouver ce que je vais faire… Mais pour cela, je dois d'abord m'assurer que j'ai tout le matériel requis. Et je crois savoir où je pourrai le dénicher. Je commence par dévaler l'escalier. J'ouvre ensuite la porte à la volée et sors sur le balcon. Oui, la guirlande est toujours là. De plus, elle me paraît encore en bon état.

Je l'attrape, puis je rentre pour la déposer sur la table de la cuisine, là où j'ai filmé mon premier DIY. Cela fait, je cherche l'escalier menant au sous-sol. Estéban m'a bien dit qu'il y en avait un, mais je n'y suis jamais allée. Pourtant, la maison n'est pas grande, alors ça ne doit pas être bien difficile à trouver !

J'ouvre toutes les portes que je peux voir et je découvre enfin de minuscules marches à peine éclairées par une simple ampoule. Un peu stressée, je descends lentement, à la recherche d'un interrupteur. N'en trouvant pas, je finis par utiliser la lumière de mon cellulaire pour m'éclairer. Et c'est alors que je la vois. La table de ping-pong ! Elle trône en plein centre de la pièce, mais ne semble pas avoir été utilisée depuis des lustres. Deux raquettes y ont été abandonnées et de la poussière s'y est accumulée, avec le temps.

Mais ce n'est pas ça que je cherche… Je continue à avancer tout en me demandant comment Estéban a pu croire un seul instant que j'aurais pu installer ma chambre ici ! C'est sombre, hyper humide, et le plafond est si bas que je suis chanceuse d'être petite, sans quoi j'aurais besoin de me pencher pour marcher.

Je ne suis même pas certaine que Sam soit capable de venir ici. Alors, à quoi peut bien lui servir cette table ? Peu importe. Je n'ai qu'une hâte : dénicher ce qu'il me faut et retourner au rez-de-chaussée au plus vite !

C'est alors que j'entends un CRAC sous mes pieds et que mon cœur fait un bond dans ma poitrine. Je recule, déstabilisée, puis je vise le sol avec mon cellulaire. Je ne peux m'empêcher de sourire. J'ai trouvé ! Enfin… je viens d'écraser une balle de ping-pong, mais il y en a au moins une dizaine qui traînent toujours sur le sol.

Je me mets donc à quatre pattes et ramasse tout ce que je peux avant de me redresser. Les mains pleines, je tiens avec difficulté mon téléphone du bout des doigts.

Faites que je ne le laisse pas tomber, sinon je ne retrouverai jamais mon chemin pour sortir de là !

Enfin, je rejoins l'escalier et le grimpe en vitesse. Arrivée devant la table de la cuisine, je pousse un long soupir en ouvrant les bras pour lâcher les balles. Oups… elles rebondissent dans tous les sens. Je perds un temps fou à toutes les récupérer. Enfin, je les dépose dans un bol à salade pour éviter de les laisser tomber à nouveau.

Puis, je peux enfin commencer mon DIY. Oh non ! Avant, un petit détour par la salle de bain s'impose, juste pour m'assurer que je ne ferai pas peur à… à qui, au juste, puisque je n'ai pas encore osé publier la moindre vidéo… ? J'hésite, en pivotant pour regarder tout ce qui traîne sur la table. Je me demande pourquoi j'en fais autant.

Et si c'était simplement parce que j'adore faire des vidéos ? Pour moi, donc ? Oui. Voilà. Je ne le fais pas pour les autres, je le fais pour ME faire plaisir. Je hoche la tête et je fonce vers la salle de bain.

OK. Encore une fois, mes cheveux partent dans tous les sens. De plus, je porte toujours mon pyjama. Je pense que mon bonnet ne sera pas de trop. Je grimpe en vitesse jusqu'à ma chambre, j'enfile des leggings qui m'arrivent aux genoux et un t-shirt noir, je pose mon bonnet sur ma tête, puis je redescends les marches deux par deux.

Ce n'est que lorsque je m'apprête à faire une vidéo que je deviens aussi fébrile. Je ne sais pas pourquoi. C'est comme ça. J'aime aussi m'occuper du montage, une fois que le tout est filmé.

Autrement dit, c'est le processus en entier qui me plaît. J'ai l'impression de pouvoir montrer une facette de ma personnalité que je cache normalement aux autres. Je dévoile qui je suis vraiment. Ou en tout cas, qui je serais si je n'étais pas si timide…

Je secoue la tête, pour ne pas que des pensées tristes m'envahissent et me découragent de faire mon DIY. Puis, je prépare mon ordinateur et j'appuie sur le bouton pour commencer l'enregistrement…

Trois, deux, un… *Go !*

ACCUEIL | À PROPOS DE MOI | MES DIY | FAQ | CONTACTEZ-MOI

COMMENT AJOUTER DE LA LUMINOSITÉ !

Suivez-moi !

RSS
YouTube

0 abonné

Rebonjour, tout le monde ! Ici Maélie ! Très heureuse de vous revoir ! C'est la deuxième vidéo que je fais sur ma nouvelle chaîne et j'espère qu'elle vous plaira autant que la première !

Comme vous le savez, je viens à peine de déménager, et ma chambre n'est pas encore à son top ! C'est pourquoi j'ai pensé faire un nouveau DIY. Encore plus facile que celui pour customiser mes rideaux ! Oui, oui, promis !

D'abord, le problème, avec ma chambre, c'est que dès que le soleil se couche, elle devient vraaaaiment trop sombre. Je ne suis sûrement pas la seule qui vit ce genre de drame, non ? C'est à peine si j'y retrouve mes vêtements ! Vous voyez le genre ?

Hi, hi, hi !

Suivez-moi !

RSS

YouTube

0 abonné

Donc, en allant faire un tour sur Pinterest - mon site préféré -, j'ai trouvé une solution ! Regardez un peu ce que j'ai déniché...

À quoi pourront bien me servir ces lumières de Noël et surtout, POURQUOI j'ai mis toutes ces balles de ping-pong dans un bol à salade ? AH, AH ! C'est ce que vous allez découvrir dans quelques secondes !

Mais avant de démarrer la vidéo, je vous invite encore une fois tous et toutes à prendre en photo les résultats de vos propres DIY, si vous décidez d'ajouter de la luminosité à votre chambre, vous aussi !

Voici, voilà ! *Go* pour ma vidéo !

Suivez-moi !

RSS

YouTube

0 abonné

Donc, pour débuter, vous aurez besoin…

- d'un cutter (attention à vos doigts) ;
- de lumières de Noël (blanches ou colorées, peu importe, tant que les ampoules sont petites !) ;
- de balles de ping-pong.

Maintenant, allons-y avec les différentes étapes !!!

Étape numéro un :

Avant de commencer, je veux juste mentionner que cette étape est un peu dangereuse. Donc, c'est peut-être mieux de demander à vos parents ou à un adulte de vous aider. Mais si vous êtes à l'aise avec le cutter, alors tout va bien !

Suivez-moi !

RSS

YouTube

0 abonné

Il s'agit simplement de faire une croix dans chacune de vos balles de ping-pong avec la lame. Allez-y doucement, car un cutter, ça coupe !

Étape numéro deux :

Une fois que vous avez percé une croix dans chaque balle, prenez vos lumières de Noël. Je vous conseille de vous assurer que celles-ci fonctionnent, et donc de brancher le fil pour vérifier, avant de faire ce DIY.

Si les lumières s'allument, débranchez le fil – c'est plus sûr – et faites pénétrer chaque ampoule dans une balle de ping-pong, par la petite croix coupée préalablement. Comme ceci…

Étape numéro trois :

En fait, il n'y a pas vraiment d'étape numéro trois. Quand vous aurez utilisé toutes vos balles de ping-pong, votre DIY sera terminé, et il ne vous restera qu'à installer vos lumières dans votre chambre pour créer un nouvel éclairage.

Suivez-moi !

RSS

YouTube

0 abonné

Personnellement, je compte mettre des petits clous juste en haut de ma tête de lit, afin de fixer les lumières au-dessus de celle-ci.

Bon, je termine mon DIY et je vous montre le résultat une fois les lumières installées !

Hop, hop, hop !

Helloooo ! Voici ce que ça donne une fois allumé ! C'est joli, hein ?

En tout cas, moi, j'adoooooooore ! J'ai d'ailleurs vraiment hâte de retourner dans ma chambre et de profiter de cette nouvelle luminosité, dès ce soir !

Suivez-moi !

RSS

YouTube

0 abonné

Sur ce, j'espère que vous avez aimé ma vidéo. Si c'est le cas, n'oubliez pas de mettre un « j'aime » et, surtout, n'hésitez pas à vous abonner à ma toute nouvelle chaîne YouTube : Les DIY de Maélie !

Oh, et écrivez-moi pour me dire ce que vous en avez pensé !

À la prochaine, les amis !!!

Jeudi 30 août

0

Paméla

Alors, t'es enfin debout ?

Moi

Oui.

Paméla

Tu fais quoi ?

Moi

Euh... un truc.

Paméla

Quel genre de truc ?

Moi

Ben... je sais pas.

0

Moi

Pourquoi ?

Paméla

Parce que je m'ennuie à mourir !
Il pleut, et je sais pas quoi faire !

Moi

Va regarder la télé.

Paméla

Bof... ça te tente pas de venir
faire un tour chez moi ?

Moi

Il pleut. Je veux pas me
faire mouiller en vélo.

0

Paméla

Ben demande à Sam.

Moi

Il est pas là.

Paméla

Nuuuuul !

Paméla

Bon ben on se voit samedi, dans ce cas, au party d'Estéban.

Moi

Euh… je sais pas trop.

Jeudi 30 août

0

Paméla

Allez ! Félix et moi,
on va passer te chercher.

Moi

Non, non, si j'y vais, je vais
me débrouiller, merci.

Paméla

OK, alors. À samedi !

#LERETOUR DUFOUFURIEUX

Vendredi 31 août

Je regarde ma vidéo pour la dixième fois. Je la trouve très bien. Mais de nouveau, j'hésite à la publier et à démarrer une fois pour toutes ma nouvelle chaîne. J'aurais dû changer de nom. Ainsi, pas de risque qu'on me retrace. En même temps, ce serait nul de me cacher de la sorte. Et peut-être que mes harceleurs ont enfin décidé de me lâcher un peu… ?

Je n'ose pas aller vérifier. Ça ne servirait à rien. Au fond de moi, je sais très bien qu'ils sont encore après moi et qu'ils ne lâcheront pas le morceau tant qu'ils ne seront pas tombés sur un nouvel os à ronger…

Je serre les poings et je retiens mes larmes. Ils mériteraient que je les ignore et que je fasse ce qui me plaît. Mais le courage me manque. Comme toujours… Je referme mon portable sans terminer mon visionnement, puis je me laisse tomber sur mon lit.

Au moins, avec ce dernier DIY, la décoration de ma chambre commence à prendre forme. Ça ajoute beaucoup de lumière, et comme les balles de ping-pong trouvées au sous-sol étaient de toutes les couleurs, ça donne une touche colorée qui me plaît bien. Je lève le bras et touche les balles du bout des doigts quand la sonnette de l'entrée me fait sursauter.

Je ne savais même pas qu'il y en avait une…

Je me redresse sans savoir quoi faire. Je vais répondre, ou pas ? Ce n'est sûrement pas pour moi, mais pour Sam. Et Sam, il n'est justement pas là. Peut-être que, si j'attends, l'intrus s'en ira ?

Visiblement, ce n'est pas le cas, car ça se met à sonner une fois de plus. Puis encore. Zut. Je vais devoir descendre pour voir qui est là.

Je me rends jusqu'à la cuisine en marmonnant tout bas que ce n'est pas nécessaire de s'impatienter de la sorte. J'ouvre brusquement la porte, prête à dire ma façon de penser à celui qui agit ainsi. Mais en voyant la personne qui se tient devant moi, je n'arrive pas à prononcer le moindre mot.

C'est qu'il s'agit de nul autre que l'homme… De quel homme je parle ?

De celui qui tenait un lapin mort dans ses mains !

Je recule et tente de refermer la porte, la gorge serrée et le ventre noué, mais l'inconnu m'en empêche en posant le pied dans l'entrebâillement. Puis, il fait un truc totalement incongru : il entre dans la maison et referme la porte !!!

Cette fois, c'en est trop pour moi. Cet homme, je ne sais pas ce qu'il me veut, mais j'ai beaucoup trop peur pour ne pas réagir. C'est pourquoi je me mets à hurler, tout en continuant de reculer. Sauf que je ne regarde pas derrière moi et que je trébuche dans je ne sais quoi. Je bascule vers l'arrière, et c'est sur les fesses, cette fois, que j'essaie de me sauver le plus loin possible.

Le tout sans jamais cesser de crier de toutes mes forces…

Je n'écoute même pas ce que l'homme devant moi tente de me dire. Il me paraît être la pire des menaces, et je n'ai pas l'intention de le laisser me toucher ! Le voilà d'ailleurs qui avance vers moi, se penche et…

La porte derrière lui s'ouvre à la volée, dévoilant Sam qui tient une hache dans ses mains. Il s'apprête à foncer dans notre direction, mais s'arrête net lorsque l'intrus se tourne vers lui.

— Mais qu'est-ce que… qu'est-ce que tu fous là ? lâche Sam, en abaissant sa hache.

— Je… je suis juste venu… pour la voir, répond l'homme d'une voix rauque, en me pointant du doigt. Mais elle… elle s'est mise à paniquer, et…

— Un peu normal, tu crois pas ? Elle te connaît pas !

— Tu lui as pas dit qui… qui j'étais ?

Cette fois, Sam semble se sentir légèrement coupable, car il fuit le regard de l'inconnu et va plutôt déposer son arme improvisée dans l'entrée, près des bottes sur lesquelles j'ai sûrement trébuché.

Lentement, je commence à respirer d'une façon plus normale, ce qui me permet de me relever, non sans garder une certaine distance par rapport au nouveau venu.

— Pourquoi ? reprend ce dernier. Pourquoi tu lui as rien dit ?

— Parce que…, marmonne Sam en se dirigeant vers la cuisine, où il va se servir un verre d'eau.

— Parce que quoi ?! s'entête l'homme.

Cette fois, Sam semble s'énerver et dépose brutalement son verre sur la table, avant de lâcher :

— Parce que je pensais pas que tu… que tu voudrais… Ça fait des années que tu sais qu'elle existe et pourtant t'as jamais fait le moindre geste pour la connaître ! Alors, comment je pouvais savoir que ça allait changer, hein ?!

Je crois que c'est la première fois que je vois Sam dire autant de mots d'un seul coup. Ne sachant comment agir, je me recroqueville pour me faire oublier et je recule vers le coin de la pièce où il y a le moins de lumière, comme je le fais toujours.

— J'ai pas… C'est pas ce qui… Tu mélanges les choses, Samuel.

— Je crois pas, non. Sérieusement, pourquoi t'es là ?

L'homme respire bruyamment durant un long moment. Tourne la tête vers moi. M'observe sans vraiment me voir. Puis, il murmure :

— L'autre jour… elle est venue sur mon terrain et, pendant un instant, j'ai cru que c'était elle. Qu'elle était revenue…

Sam ne dit rien. Il baisse la tête et fixe le plancher en se mordant les lèvres. Au bout de ce qui me semble une éternité, l'inconnu finit par secouer la tête et tourner les talons. Juste avant de sortir, il lâche sans même nous regarder :

— T'as raison. J'ai rien à faire ici. Elle peut pas revenir. C'est… c'est impossible. Je sais pas ce que j'ai cru. Désolé.

Et là-dessus, il sort sans même refermer la porte.

#LEPÈREDELILI

Sam et moi reprenons notre souffle en même temps. Comme si, durant tout ce temps, nous n'avions respiré qu'à moitié. Puis, alors que je m'imagine qu'il va m'expliquer ce qui vient de se passer, il lève la tête pour me regarder et lâche :

— La prochaine fois que tu comptes pas rentrer pour le dîner, appelle-moi ! Je t'ai attendue toute la soirée, l'autre jour, et… et je me suis inquiété !

Surprise par son coup d'éclat, j'ouvre de grands yeux. Je prends quelques secondes pour réagir et trouver les bons mots.

— Je m'excuse. Je… je m'étais perdue en me promenant, et des jeunes m'ont donné un *lift*, sauf qu'ils allaient au village et…

— T'es montée dans une auto avec des gens que tu connaissais même pas ?! réagit-il en me coupant la parole.

— Ben… c'est que…

— C'est quoi, l'idée !? Tu veux qu'il t'arrive la même chose qu'à…

Sam s'arrête sur sa lancée, inspire de nouveau, puis reprend :

— Appelle-moi, la prochaine fois, OK ? C'est pas compliqué, il me semble.

— D'accord. Mais en passant, je me suis trouvé un vélo au village. Comme ça, j'aurai plus besoin de demander des *lifts*. Ce sera plus simple.

— Ah, alors il est à toi, le vélo dehors ? Je me demandais...

Je hoche la tête, m'attendant à ce qu'il en dise davantage, ou à tout le moins qu'il m'explique finalement qui est le fou furieux qui est entré dans la maison il y a à peine quelques minutes. Mais Sam n'ajoute rien. Il se contente plutôt de me demander si j'ai eu le temps de manger. Comme je secoue la tête, il me fait signe de l'accompagner.

— On va où ? lui dis-je en le suivant à l'extérieur. Et... pourquoi tu verrouilles jamais la porte ?

— Y a pas de voleurs dans le coin. T'en fais pas, lâche-t-il en s'installant derrière le volant de son vieux camion.

Je m'assois du côté passager et il recule pour ensuite s'engager sur la route. Comme la radio ne semble pas fonctionner dans le véhicule et que je n'ai pas pris mes écouteurs avec moi, il n'y a qu'un silence long et malaisant entre Sam et moi. Je me résous donc à redemander, puisque ce dernier ne m'a toujours pas répondu :

— Donc… euh… où on va ?

— Je t'amène manger. Mais avant, je veux te montrer un truc. Ce sera pas long. Un p'tit détour de rien du tout.

Et comme de fait, il ralentit après quelques minutes seulement, se gare sur le bord du chemin, puis arrête le moteur. Je ne dis pas un mot, attendant qu'il s'explique, ce qu'il se décide enfin à faire, en fixant toujours l'horizon.

— Si tu tournes la tête vers la droite, tu vas voir un sentier.

— Euh… ouais, je le vois… Hé, mais c'est là que…

— C'est là qu'habite Aimé.

— Aimé ? C'est… son nom ?

Sam ne peut s'empêcher de faire un petit sourire en coin. Mais il se reprend bien vite pour continuer.

— Ouais, il s'appelle Aimé.

— OK, mais… c'est qui, lui ? Pourquoi tu me montres où il vit ?

— C'est là que t'es allée faire un tour l'autre jour, n'est-ce pas ? Je pensais pas que tu te rendrais jusque-là. C'est pas loin, mais quand même… Faut passer par le bois et…

— Je suis désolée. J'aurais pas dû. En plus, il fait peur, cet Aimé. Il tenait un lapin mort dans ses mains quand je l'ai vu. Promis, j'irai plus là. Pas besoin de m'avertir.

Sam lâche le volant et passe une main sur son cou avant de reprendre :

— C'est pas juste ça que je voulais te dire. Aimé, c'est… c'est le père de Lili.

— Lili ?

Il n'ajoute rien, mais se tourne enfin vers moi. Et alors, je comprends. Lili. Lilianne. Ma mère ! Aimé, c'est le père de ma mère. Autrement dit, c'est mon… mon grand-père ! Ce vieux fou qui mange des lapins et qui vit en ermite, c'est la seule famille qu'il me reste… J'avale difficilement ma salive et baisse les yeux. Ça ne devrait pas m'étonner plus qu'il le faut.

Après tout, ça n'en fait qu'un de plus qui m'a abandonnée…

La voix de Sam me parvient en sourdine, comme si mes oreilles s'étaient mises à bourdonner sans que j'y puisse quoi que ce soit.

— Il est pas méchant, mais il vaut mieux pas trop le fréquenter. De toute manière, il déteste tout le monde. Moi y compris. Faut pas le prendre personnellement, il… il est comme ça, depuis... En tout cas. C'est bon ? Tu… tu vas bien ?

Je hoche la tête par automatisme. Sam redémarre donc la voiture, et nous faisons le reste du trajet dans le silence le plus complet. Mais cette fois, je m'en moque. Je crois que je ne m'en rends même pas compte. Ce n'est que lorsque Sam gare le camion devant le casse-croûte * que je prends conscience de l'endroit où nous sommes. Perdue dans mes pensées, je n'ai pas vu passer le trajet.

Juste avant de sortir de son camion, Sam secoue la tête, un petit sourire au coin des lèvres. Puis, il me lance :

— En passant, c'était pas un lapin. C'était un lièvre…

— Hein ?

— Le… ben… ce qu'Aimé tenait, c'était sûrement un lièvre, parce que… Peu importe. Tu viens ?

* Casse-croûte – Petit restaurant où l'on sert des plats rapides.

Il ne m'attend pas et sort. Je le regarde marcher vers le comptoir des commandes, non sans sourire à mon tour. Le fait que mon grand-père traque les lièvres plutôt que les lapins ne risque pas de me le rendre plus sympathique !

Aucune chance…

Comme je m'attarde un peu trop longtemps dans le camion, Sam m'appelle pour savoir ce que je veux manger, et je me dépêche de descendre. J'ai l'estomac dans les talons et, malgré les derniers événements, je sens que je mangerais un bœuf !

Mais certainement pas un lièvre…

#RIENÀSEMETTRE

Samedi 1er septembre

Estéban

Tu viens toujours au party ce soir ?

Mon cœur se met à battre à toute vitesse tandis que je lis le message qui vient d'arriver sur mon cellulaire. Je n'ai JAMAIS dit que j'irais ! Et je ne compte pas changer d'idée ! Pour ne pas me faire harceler à ce sujet, je décide une fois de plus de ne pas répondre au texto d'Estéban. Mais il ne semble pas en prendre ombrage, car un autre message entre aussitôt.

Estéban

Si t'as besoin d'un *lift*, je peux passer te chercher.

Estéban

Sois prête à 19 h. Je peux pas passer plus tard parce que je vais avoir des trucs à préparer pour le party.

Estéban

C'est pas un détour, si tu veux savoir, parce que je dois de toute manière passer par le dépanneur pour prendre des trucs à boire.

Estéban

Tu comptes mettre une jupe ?

Ce qu'il peut être agaçant ! Sans pouvoir me retenir, je me mets à pianoter furieusement sur mon téléphone pour lui faire comprendre qu'il se trompe sur toute la ligne s'il croit me voir ce soir.

Moi

Aucune chance.

Estéban

Je te comprends. Ça aurait été embêtant, sur mon scooter. Même si je suis sûr que t'as de très jolies jambes.

Moi

Je veux dire qu'il y a aucune chance que j'aille à ton party !

Moi

Pas pour la jupe !

Estéban

Donc, tu vas bel et bien mettre une jupe ?

Non, je n'entrerai pas dans son petit jeu. Paméla m'a bien avertie : il ne s'intéresse à moi que parce que je suis nouvelle dans le coin. Aussitôt que l'attrait de la nouveauté sera passé, il m'oubliera.

Samedi 1er septembre

0

Estéban

Allez, Maélie... Ce sera un petit party de rien du tout.

Moi

On commence l'école après-demain. C'est quoi l'idée de faire un party aussi près du retour en classe ?!

Estéban

C'est la seule raison pour laquelle tu veux pas venir ?

Moi

Non.

Estéban

C'est quoi alors, le vrai problème ?

Moi

J'aime pas les partys, c'est tout.

Estéban

C'est que t'es jamais venue à un des miens !

Moi

Oublie ça.

Estéban

Mais tu vas faire quoi, ce soir, alors ? T'emmerder avec Sam en jouant au ping-pong ? Allez, viens juste faire un p'tit tour !

Moi

Non. Et arrête d'insister.

Moi

Et comment tu sais qu'il a une table de ping-pong ?

Estéban

Je l'ai vue par la fenêtre du sous-sol.

Moi

Tu l'espionnais ?!

Estéban

Bah, ça fait genre 100 ans de ça. J'étais un gamin !

Moi

Alors que là, t'es clairement un homme...

Estéban

Merci bien !

Moi

C'était pas un compliment.
Et oublie ça, pour ce soir !

Estéban

C'est bon, c'est bon... Mais tu vas manquer quelque chose, c'est moi qui te le dis. Je te laisse, j'ai encore des tas de choses à faire avant ce soir.

Je m'apprête à refermer mon cellulaire quand un autre texto arrive. C'est qu'il est insistant, Estéban, quand il veut ! En lisant le message, je constate pourtant qu'il ne provient pas de lui.

Paméla

À quelle heure on va chez Estéban ?

Samedi 1er septembre

0

Moi

Toi, je sais pas. Mais moi, j'y vais pas.

Paméla

Quoi !? Ben voyons, tu peux pas rester chez toi. C'est une tradition, le party de la rentrée chez Estéban !

Moi

Je viens pas d'ici, alors ça change quoi… ?

Paméla

Tu veux t'intégrer ou pas ?

Moi

C'est n'importe quoi. Et de toute manière, je dois vérifier si j'ai toutes mes affaires pour lundi.

Paméla

Tu te fous de moi ?! Tu préfères faire ton sac d'école plutôt que de venir à un party ?

Paméla

En tout cas, c'est nul si tu viens pas, parce que je comptais justement te parler de ta mère...

Moi

Ma mère ? Quel est le rapport ?

Paméla

J'ai des infos pour toi, si ça t'intéresse...

Moi

Je t'écoute !

Paméla

Ah non, alors. Ce serait trop facile. Si tu veux en savoir plus, va falloir que tu viennes au party.

Paméla

Félix va me donner un *lift*. On passe te chercher ?

Moi

Argh ! J'ai l'impression de me faire manipuler, moi...

Paméla

Hein ?! Jamais je ferais ça !

Samedi 1er septembre

0

Moi

C'est bon. Je viens. Mais j'irai en vélo. Comme ça, je pourrai revenir dès que j'en aurai marre.

Paméla

COOL !!! Je suis ultra contente, parce que je t'avoue que ça me tentait pas trop d'être toute seule là-bas.

Moi

Comment ça, t'as pas d'autres amis ?

Paméla

Ben... c'est compliqué. Je te raconterai. Ça va nous faire des tas de trucs à nous dire !

Samedi 1er septembre

0

Moi

Mouais… je me prépare et on se voit là-bas. C'est quoi le chemin le plus rapide pour y aller, de chez moi ?

Pam

C'est pas trop loin, en fait. Juste derrière la maison de Mireille (ta voisine). La grosse baraque. Tu peux pas la rater. On se voit là-bas ! 😘

Moi

👍

Je ferme mon cellulaire pour de bon, cette fois, et le branche sur le chargeur. Je ne veux pas être tentée d'envoyer d'autres textos. Je ne vais quand même pas écrire à Estéban pour lui dire que j'ai changé d'avis. Il serait beaucoup trop fier de lui et se pointerait devant chez moi avec son scooter. Mais moi, je compte bel et bien y aller en vélo.

Surtout que, si je comprends bien, il est presque mon voisin. Enfin… il n'y a que la maison de Mireille qui sépare nos deux terrains. Autrement dit, en moins de vingt minutes en vélo, je devrais pouvoir être sur place.

Pas besoin d'un *lift* !

Un problème de réglé. Le second me semble un peu plus complexe, par contre… J'ouvre le premier tiroir du seul meuble de ma chambre et, comme je le craignais, je n'y trouve pas le moindre truc potable à me mettre. Je jette un œil dans le deuxième tiroir, puis dans le troisième : même résultat.

Ça fait pitié ! Je ne peux quand même pas y aller avec de vieux leggings ou un de mes t-shirts noirs. Je ne suis pas du genre à faire des folies, côté style vestimentaire, mais il y a tout de même une limite.

Je me laisse tomber sur mon lit, qui grince aussitôt. Je ne veux pas nécessairement qu'on me remarque à ce party, mais j'aimerais bien ne pas être aussi fade que tous les autres jours de l'année… Il me faudrait un peu de couleur. Ou quelque chose qui me représente. Quelque chose comme… comme mon bonnet à oreilles de chat, par exemple ! C'est alors que je me redresse sur mes coudes.

Oui ! Je sais ! Je vais customiser un de mes débardeurs !

J'en ai justement un noir qui sera parfait. Je le sors aussitôt du tiroir et le pose sur mon matelas. D'accord, mais avec quoi est-ce que je vais bien pouvoir dessiner ? Sur du noir, ce n'est pas évident.

Pas le choix. Pinterest devra encore une fois venir à ma rescousse !

Je reprends mon cellulaire, qui a eu le temps de se recharger un peu, et me mets à la recherche de ce qu'il me faut. Je suis certaine d'avoir déjà épinglé le DIY dont j'ai besoin aujourd'hui… Et justement, en parcourant mes images, je tombe sur le modèle parfait !

Comme je viens de finaliser mes achats pour l'école, je sais que j'ai du correcteur liquide quelque part dans un des sacs. Ceux-ci sont encore dans la cuisine, alors je descends et me rends compte que Sam est une fois de plus parti je ne sais où. Il ne m'avertit pas chaque fois qu'il part, lui ! Pourtant, il m'a demandé de le faire, moi, quand je sors… Je lui en ferai la remarque.

Cela dit, puisqu'il n'est pas là… la souris danse ! Et pour le moment, la souris, c'est moi ! Comme Sam semble aimer les petits mots rédigés à la va-vite, je lui en laisserai un sur la table, juste avant de partir, pour lui dire où je suis.

Une fois cela réglé, j'installe tout ce qu'il me faut sur la table de la cuisine et je démarre une nouvelle vidéo. Visiblement, ça m'avait manqué d'en faire, car je ne peux plus m'arrêter depuis mon arrivée ici !

Mon bonnet bien enfoncé sur la tête, un large sourire au visage, je démarre l'enregistrement.

Trois, deux, un… *Go !*

ACCUEIL | À PROPOS DE MOI | MES DIY | FAQ | CONTACTEZ-MOI

COMMENT CHANGER DE LOOK AVEC TROIS FOIS RIEN !

Suivez-moi !

RSS

YouTube

0 abonné

Heeellloooo ! C'est Maélie ! Pour ma troisième vidéo, j'ai pensé dévier un peu du thème de la déco de ma chambre... En fait, c'est simplement parce que je dois aller à une fête, ce soir, et j'aimerais porter autre chose qu'un de mes démoralisants t-shirts noirs...

Est-ce que ça vous arrive parfois d'avoir l'impression que vous avez fait le tour de vos vêtements et que vous n'avez plus rien à vous mettre ? Ben voilà ! C'est exactement ça !

Et donc, j'ai pensé à un DIY vraiment facile et mignon pour remédier à la situation ! Je me suis inspirée à la fois de certains bricolages sur Pinterest et de mes goûts personnels. Comme vous pouvez le voir, j'adore les trucs avec des oreilles de chat !

Suivez-moi !

RSS

YouTube

0 abonné

Donc… avec un simple débardeur noir, je vous suggère de créer un tout nouveau look, qui rendra n'importe qui jaloux !

Bien sûr, pas besoin de vous dire que, si vous décidez de réaliser vous aussi ce DIY, j'aimerais voir vos photos, hein !

Maintenant, *go, go* pour la vidéo !

Rebonjour ! Pour ce DIY, vous aurez seulement besoin…

- d'un débardeur noir (ou d'un t-shirt, selon ce qui traîne dans vos tiroirs) ;
- de correcteur liquide (je préfère celui en crayon et non en pinceau, car il est plus facile à utiliser).

Suivez-moi !

RSS

YouTube

0 abonné

C'est TOUT ! Oui ! Fou, hein ?

Maintenant, allons-y avec les différentes étapes !!!

Étape numéro un :

Sur Internet, trouvez une image qui vous plaît. Moi, comme vous pouvez le voir, j'ai choisi des moustaches de chat et un petit nez tout mignon !

Étape numéro deux :

Ensuite, en vous fiant à l'image en question, reproduisez ce dessin du mieux que vous le pouvez au niveau de la poitrine sur votre débardeur ou t-shirt. Comme ceci…

Suivez-moi !

RSS
YouTube

0 abonné

Étape numéro trois :
On laisse sécher quelques minutes et... on le porte dès qu'on le veut ! Selon mes sources, si vous ne voulez pas que le correcteur liquide parte au lavage, vous pouvez appliquer du vernis à ongles transparent SUR votre dessin. Mais moi, je n'en ai pas, alors ce sera pour une autre fois !

Je m'exécute en accéléré, puis je vous dévoile le résultat en enfilant moi-même mon tout nouveau débardeur, version Maélie !

Hop ! Hop ! Hop !

ACCUEIL | À PROPOS DE MOI | MES DIY | FAQ | CONTACTEZ-MOI

Suivez-moi !

RSS
YouTube

0 abonné

Me revoici !

Vous en pensez quoi ? Une minute, je fais un petit tour sur moi-même !

C'est mignon, n'est-ce pas ? Ainsi, je suis certaine d'être la SEULE à avoir ce débardeur au party de ce soir !

Je vous invite à mettre un « j'aime » en bas de ma vidéo si vous l'avez aimée et, surtout, n'hésitez pas à vous abonner à ma chaîne YouTube !

Écrivez-moi, j'attends vos commentaires et vos photos en grand nombre !!!

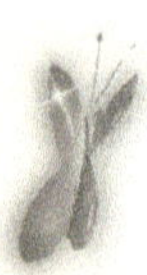

Samedi 1er septembre

Paméla

Non mais, tu arrives bientôt, oui ou non ?

Moi

Ouais, ouais. Ça devrait plus être trop long.

Paméla

Ça fait genre une heure que je poireaute en t'attendant !

Moi

Poireaute ? Comme un poireau ?

Paméla

Mais non ! C'est un verbe !

Moi

T'en es sûre ?

Paméla

Ce dont je suis sûre, c'est que si t'es pas là dans dix minutes, je...

Paméla

Je vais me baigner sans toi !

Moi

Pas certaine que ce soit un argument suffisant pour que je me dépêche, ça...

Paméla

MAÉ !!!

Moi

OK, OK, je rigole. Mais je vais devoir lâcher mon cell si tu veux que j'accélère, parce que ça va pas très bien, pédaler ET écrire.

Samedi 1er septembre

0

Paméla

OK, je te laisse. Mais GROUILLE !!!

Moi

👍

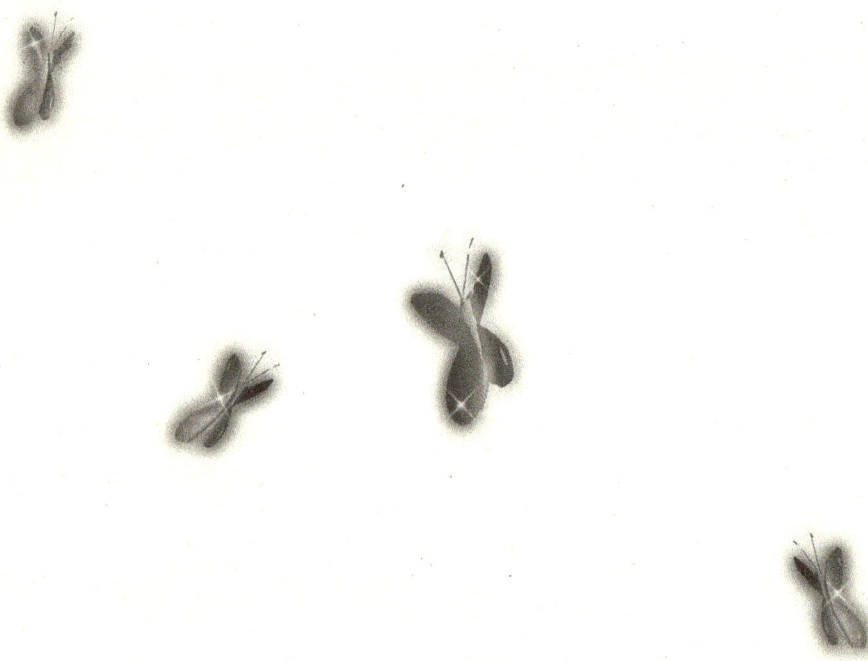

#ÀLAUTRE BOUTDUMONDE

C'est beaucoup plus loin que je l'aurais cru. Pour être exacte, c'est carrément à l'autre bout du monde ! Comment la chose est-elle possible ? Tout simplement parce que je n'avais pas calculé la grandeur du terrain de Sam, du terrain de Mireille (bien que celui-ci ne soit pas si énorme) et, surtout, de celui des parents d'Estéban !

Ça fait des lustres que je pédale et pourtant toujours aucune trace de sa maison. À moins que ce soit parce que je me suis trompée de direction ? Non, impossible ! J'ai suivi toutes les indications données par Paméla. Par contre, je pourrais très bien être passée devant sans m'en être rendu compte…

Je réfléchis à la chose en ralentissant la cadence, tout en abordant la courbe qui se présente devant moi. Je continue ou je rebrousse chemin ? Non, j'attends de voir ce qui se trouve à la fin du tournant et ensuite, je…

OH ! MY ! GOD !

Elle est là. Devant mes yeux. ÉNORME ! De quoi je parle ? De la maison… ou plutôt, du château qui sert de demeure à Estéban. Que font ses parents pour être capables de se payer un palace semblable ?

Comment je pourrais bien la décrire, d'ailleurs ? Je m'approche et constate qu'il y a plusieurs bâtiments, en fait. Et que chacun est en brique blanche. Ça ressemble à une ancienne ferme. Sauf que la maison principale a été rénovée en grand. Lorsque je parviens au sentier asphalté menant à la demeure, je m'arrête et pose les pieds de chaque côté de mon vélo pour observer le tout.

On entend des cris et des rires au loin. Les invités d'Estéban sont déjà arrivés. Pas étonnant, parce que je suis un peu en retard sur l'heure que j'avais dite à Pam. Il faut dire que ça m'a pris beaucoup plus de temps que prévu pour arriver ici.

Alors que j'en suis encore à observer les lieux, une voiture tourne dans l'allée et passe à ma hauteur. Je me bouge en vitesse, pour ne pas qu'elle m'accroche. C'est qu'elle ne ralentit pas du tout, malgré ma présence en plein centre de la voie. Nerveuse, je finis par me remettre en selle et par rouler jusqu'à l'entrée de la terrasse surélevée. Celle-ci fait tout le tour de la demeure, et j'y appuie ma bicyclette avant d'y grimper lentement.

Je fais quoi maintenant ? Les nouveaux venus sont allés se garer près du garage et ils sont déjà tous partis en courant vers la cour arrière. Ils doivent être plus vieux que moi, pour avoir déjà leur permis de conduire.

Autant les suivre, puisqu'ils semblent savoir où se déroule le party. Je redescends de la terrasse et contourne la maison, en direction des cris et des rires. Lorsque je débouche enfin derrière, je comprends la raison de l'excitation ambiante. Une large piscine creusée trône en plein centre des bâtiments, et des jeunes s'amusent à y plonger et à s'arroser les uns les autres.

Ne sachant que faire, je reste figée un instant. Tout ce que je voudrais, c'est me fondre dans la place, sans que personne ne me remarque. Toutefois, il ne faut pas longtemps pour que j'entende quelqu'un crier mon nom. Je tourne la tête et remarque Pam, qui se fraie un passage vers moi.

— Enfin, te voilà ! Qu'est-ce que tu foutais ? T'es genre en retard de…

Elle attrape son cellulaire pour y lire l'heure, puis reprend :

— … pas loin de quarante-cinq minutes !

— Ouais, euh… le chemin était plus long que je le pensais, dis-je en jetant des coups d'œil autour de moi.

Les hurlements de joie me rendent nerveuse. J'ai constamment l'impression que quelqu'un va venir se moquer de moi. Bref, je déteste ça.

— Peu importe, finit par soupirer Pam. T'as apporté ton maillot ?

— Mon… ?

— Ben oui ! Pour te baigner ! réplique mon amie en me pointant la piscine.

Je secoue la tête. Pas question que je me baigne devant tous ces gens ! Oh que non !

— Je me suis dit qu'il faisait un peu trop froid pour…

— De quoi tu parles ?! Il fait super chaud ! Et de toute manière, elle est chauffée !

— Chauffée ?

— Ben ouais ! La piscine d'Estéban est chauffée ! C'est pour ça que je voulais pas rater son party annuel. J'adooooore me baigner ici ! Bon, en tout cas, t'as qu'à te mettre en sous-vêtements et c'est tout !

Cette fois, je ne secoue pas que la tête, mais tout le corps. Si Pam croit que je vais me promener en simples culotte et soutien-gorge, elle se met le doigt dans l'œil. Jusqu'au coude !

Prudemment, je recule un peu pour ne pas que mon amie me force à la suivre, quand je me heurte à quelque chose. Quelque chose qui n'était pas là quand je suis arrivée ici. Je me tourne et lève aussitôt les yeux vers un grand gars de plus d'un mètre quatre-vingts.

— C'est qui, ton amie ? demande ce dernier à Paméla. Je la connais pas…

— Elle vient d'arriver dans le coin, répond-elle. Maé, je te présente Hugo. Hugo, Maé…

Je marmonne deux ou trois mots, les yeux de nouveau baissés, les joues en feu. Je savais que c'était une mauvaise idée de venir ici. J'attire l'attention simplement parce que je viens d'emménager et je déteste ça.

Une autre fille vient justement se joindre à nous et se présente, mais je ne parviens pas à me souvenir de son prénom, pas plus que de celui de la dizaine de jeunes qui suivent. Qu'est-ce qu'ils ont tous à vouloir me parler et me connaître ? Je ne suis pas intéressante, alors qu'ils me laissent tranquille !

Pour me sauver de là, je finis par prétexter une envie urgente d'aller aux toilettes. Bon, en fait, je mentionne plutôt que je dois me remettre un peu de rouge à lèvres (je ne suis pas folle, je ne vais quand même pas dire à tout le monde que je dois aller faire pipi !), puis je me précipite vers la maison. Je referme la porte dans mon dos et m'y appuie, histoire de reprendre mon souffle.

Pam est bien gentille, mais je préfère de beaucoup passer du temps avec elle seule à seule plutôt qu'entourée d'autant de monde. Toutefois, avant que j'aie pu reprendre mon calme, je perçois des pas qui se rapprochent.

Zut…

Sans réfléchir, je me précipite vers l'îlot de cuisine et m'agenouille derrière celui-ci pour ne pas qu'on me voie. Je ne peux donc pas moi non plus apercevoir la personne qui vient d'arriver, mais je l'entends discuter au téléphone.

« Non, elle est pas là. Ben… je comprends pas. Elle avait pourtant dit qu'elle viendrait pas…

Ouais, je sais, j'aurais pas dû l'inviter, mais… Désolé… Je sais… Oui, si je la vois, je lui dis de t'appeler… »

Tout en discutant, Estéban (car c'est bien lui qui parle) fait le tour de l'îlot et, malgré ma tentative pour me sauver à quatre pattes, il s'arrête net en m'apercevant. Il hausse les sourcils, hésite, puis se met à sourire en terminant sa conversation.

« Promis. Je lui transmets le message si je tombe sur elle. Bon, à plus, Sam… »

#TROPMIGNON

Là-dessus, Estéban ferme son cellulaire, le range dans sa poche arrière, puis croise les bras sur sa poitrine. Honteuse, je finis par me relever en me mordant les lèvres.

— C'est pas ce que tu crois, dis-je une fois sur mes deux pieds.

— Donc, t'étais pas en train de te cacher ? demande Estéban en haussant les sourcils.

— En fait, j'ai… j'ai laissé tomber… mon… bonnet. Et je…

— Hum, hum… Tu sais, Maélie, si tu préfères passer la soirée derrière mon îlot de cuisine, j'ai pas de problème avec ça. Pas besoin de me sortir de fausses excuses…

— Je veux pas… J'ai… Argh, laisse tomber. C'était Sam ? dis-je finalement en pointant sa poche, où se trouve son téléphone.

— Ouais. Il était inquiet parce que tu lui as pas dit que tu venais ici.

— Je lui ai laissé un mot sur la table. Mais bon, je… je vais l'appeler pour pas qu'il panique.

Estéban lève la main et m'empêche d'attraper mon téléphone.

— Attends encore un peu. Sinon, il va vouloir que tu rentres immédiatement. Et tu viens juste d'arriver, non ? À moins que ça fasse longtemps que tu te caches derrière mon îlot… ? conclut-il en me faisant un clin d'œil.

Je ne prends pas la peine de lui dire que je ne me cachais pas… parce qu'en réalité c'est exactement ce que j'étais en train de faire.

Et ce n'est pas très glorieux…

— On dirait que t'aimes les chats, lance-t-il en pointant les moustaches de chat nouvellement dessinées sur ma camisole.

— J'aime tous les animaux, en fait. Ils sont… ils ne nous déçoivent jamais, eux. Et ils sont toujours là pour nous…

Il me fixe un instant sans ajouter quoi que ce soit. Puis, comme s'il venait de prendre une décision, il me fait signe de le suivre. J'hésite, mais puisqu'il ne semble pas se diriger vers la porte, je décide de lui emboîter le pas. Après tout, tant que ça n'implique pas trop de monde, ça peut aller…

Nous marchons dans un long couloir, puis il entre dans une pièce et se pousse pour que je puisse voir ce qu'elle contient. J'entre à mon tour, mais aussitôt dans la pièce, je ne peux m'empêcher d'écarquiller les yeux.

Oooooooooh…

Ils sont troooop mignons ! Je m'agenouille immédiatement devant l'espèce de cage confectionnée dans une boîte de carton. Dans celle-ci, il y a cinq petits lapins qui sont couchés en boule, les uns contre les autres. Mais un sixième dort un peu en retrait. En fait, il ne dort pas, mais il tente de se trouver une position plus confortable. Comme il ne semble pas y parvenir, il se relève sur ses minuscules pattes et revient vers ses frères et sœurs en sautillant.

Aussitôt, l'un d'entre eux le repousse, ce qui fait fuir le solitaire vers le fond de la cage. Mon cœur se fend en deux et je ne peux me retenir de prendre le lapin qui ne semble pas savoir comment s'installer.

Estéban vient s'agenouiller à mes côtés et murmure :

— On les a trouvés dans le garage. Leur mère a disparu et ils étaient affamés. Je sais pas trop ce qu'on va faire d'eux.

— Ils ont quel âge, ces lapins ? Ils sont tellement mini !

— Ma mère pense qu'ils ont à peine un mois. Et ce sont des lièvres, pas des lapins.

— Wow… c'est jeune, dis-je en serrant la pauvre petite bête contre moi, sans trop savoir quelle est la différence entre un lièvre et un lapin.

Je la sens grelotter et je ne peux me résoudre à la remettre dans la cage, alors qu'Estéban se redresse.

— Tu viens ? Les autres vont se demander où je suis passé.

— Est-ce que… est-ce que je peux rester ici encore un peu ?

Estéban me regarde et fronce les sourcils, avant de me dire qu'il revient dans deux secondes. Et effectivement, il sort de la pièce pour réapparaître peu de temps après, un sachet de graines dans la main. Il me fait ensuite signe de lui donner le lapin, ce que je fais, non sans regret.

— Tu fais quoi ?

— Je vais lui donner à manger. Ils bouffent constamment, ces petits gloutons. Mais celui-là, il veut jamais le faire. Je sais pas ce qu'il a. Je pense qu'il a peur.

Comme de fait, Estéban ne parvient pas à mettre la moindre graine dans la bouche du lièvre, ce qui le fait soupirer.

— Je peux essayer ?

— Si tu veux. Mais on a vraiment tout essayé, tu sais. C'est pas la première fois qu'on trouve des animaux abandonnés par leur mère. Il y en a partout, par ici. Mais la plupart du temps, ce sont des chatons. C'est à cause de la ferme. Ils chassent les souris.

Je reprends le lapin… pardon, le lièvre, et lui laisse renifler mon doigt, sur lequel je viens de mettre une petite graine. Sans le regarder, je demande à Estéban :

— Tes parents ont une ferme ?

— Ouais. Elle appartient à mon grand-père, en fait. Le père de ma mère. Mes oncles vivent un peu plus loin, sauf celui qui a le dépanneur, et toute la famille nous aide à tenir la ferme. Y a que mon oncle propriétaire du dépanneur qui travaille pas avec nous.

— C'est une ferme de quoi, au juste ?

— De production laitière. On a des tonnes de vaches, dans un des bâtiments. Je te montrerai, si tu veux.

Il a à peine le temps de me proposer cela que le bébé lièvre se met à lécher mon doigt. La réaction d'Estéban est immédiate.

— Hé ! T'as réussi ! Il est en train de manger !

— Ben… pas vraiment. Il ne fait que lécher…

— Même ça, on n'y était pas arrivés ! Je pense que ce lièvre t'a adoptée. Si tu le veux, il est à toi.

Je relève les yeux d'un coup et les plante dans ceux d'Estéban, surprise.

— Tu me le donnes ?

— Bah… ouais, lâche-t-il en haussant les épaules. C'est pas comme si on en manquait, par ici.

— Sérieux !?

Il se met à rire tout bas en voyant ma réaction. Puis, il hoche la tête pour me confirmer le tout. Folle de joie, je baisse les yeux de nouveau vers mon petit protégé. Et je croise les doigts pour que Sam me permette de le garder…

• • •

Samedi 1er septembre

0

Estéban

Zut, j'ai oublié de te donner de la bouffe pour ton lièvre...

Estéban

Je peux passer un autre jour pour t'en apporter?

Estéban

C'est dommage que tu sois partie si tôt du party...

Estéban

Ah, et... n'écoute pas tout ce que te raconte Pam à mon sujet. Parfois, elle a tendance à exagérer...

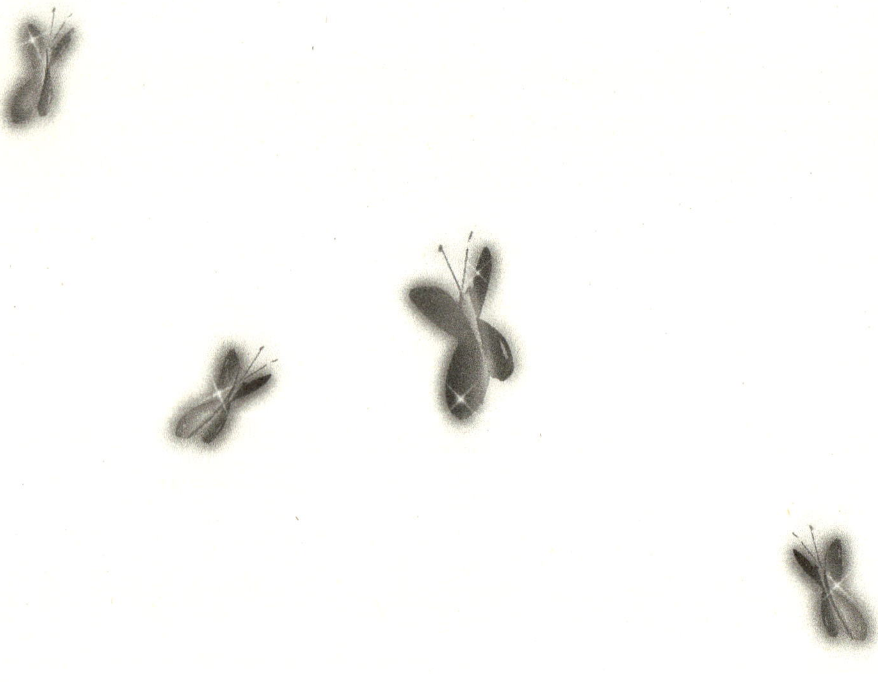

#LHISTOIREDELILI

Tout en marchant à côté de mon vélo, je serre mon nouvel ami contre moi. Le soleil est tombé depuis un moment et il fait vraiment très noir. Par chance, le manque d'éclairage permet aux étoiles de nous guider un peu.

Quand je dis « nous », je parle de Pam et moi. Comme je ne revenais toujours pas dehors, elle a fini par venir me chercher dans la maison. Et c'est là qu'elle nous a trouvés, Estéban et moi. Tout comme moi, elle est aussitôt tombée amoureuse.

Du lièvre ! Bien sûr, du lièvre ! De qui d'autre…

Bref, elle a vite compris qu'il était hors de question pour moi de rester au party et que je devais rentrer chez moi pour y installer un lit pour mon nouvel ami. Mais c'est assez dur de pédaler, avec un animal dans les bras. C'est pourquoi Pam a proposé de m'accompagner et de pousser mon vélo, pour que je ne laisse tomber pas le lièvre.

— C'est mon tour, lâche-t-elle d'ailleurs en s'arrêtant.

— Mais non, on n'a même pas fait la moitié du trajet !

— Bon, bon… mais une fois à ce grand sapin, tu me passes le lièvre. Moi aussi, je veux le tenir. Il est troooop mignon. Comment tu vas l'appeler, au fait ?

— Je sais pas. Faut d'abord que je réussisse à convaincre Sam de me laisser le garder.

— OK, mais en attendant, tu dois bien avoir quelques idées, non ? s'entête Paméla.

Je réfléchis tout en donnant des petits bisous sur la tête du lièvre.

— Moi, je l'appellerais Grisou ! Ça lui irait bien, étant donné qu'il est gris.

— Bof… pas très original.

— Ouais, t'as raison. Globule, alors ? Il a les yeux globuleux, je trouve.

— Ça veut dire quoi, ça ?

— Ben… qu'il a de gros yeux, explique Paméla en faisant la moue. Mais non, c'est laid, oublie ça. Euh… Bestiole ? Solitaire ? Solo ? Je sais pas, aide-moi !

Je rigole devant tant d'efforts, avant de lui expliquer que je veux un nom qui me ressemble. Qui me parle.

— OK, mais je te connais pas encore super bien, alors je peux pas vraiment te faire de suggestions…

— Non, mais y a un truc que tu sais sur moi, justement, dis-je en relevant la tête.

— De quoi tu parles ?

— De ma mère. T'avais dit que tu…

Pam ralentit et se rapproche de moi autant qu'elle le peut, compte tenu du vélo entre nous, comme si elle avait un grand secret à me confier. Je plisse les yeux, prête à entendre ce qu'elle a à me dire.

— C'est vrai… Premièrement, faut que tu saches que ce que je vais te raconter, c'est que des ragots. Je sais pas si tout ça est vrai, tu comprends.

— Peu importe. Je t'écoute.

— C'est juste que… ta mère, ben…

— Ma mère, quoi ?

— Elle avait une réputation de…

— Non, mais tu vas accoucher ? Qu'est-ce qu'elle a fait de si grave, ma mère ?

— Rien, rien, se défend Paméla en levant les mains dans les airs, ce qui fait basculer mon vélo sur le côté.

Elle le rattrape à la dernière minute en s'excusant. Puis, elle reprend en voyant que je lui fais de gros yeux.

— Elle avait tendance à… à…

— MAIS À QUOI ?!

— C'est un peu gênant, vois-tu… Elle est née ici.

— Ça, je le savais déjà. J'ai rencontré mon grand-père hier et…

— Hein ? T'es allée le voir ? Le vieil Aimé ?

— Ben… disons que c'est lui qui a débarqué chez nous et il m'a fait une de ces peurs ! Il a pas l'air très normal, je trouve. En tout cas, je lui ai pas parlé, mais Sam m'a dit que c'était lui, le père de ma mère.

— Ouais, confirme Paméla. C'est un vieux fou. Genre qu'il vient jamais au village et qu'il se nourrit juste de ce qu'il chasse. Mais ça, c'est seulement depuis que ta mère a…

— Sérieux, tu m'énerves, Pam. Dis-moi ce qu'il y a !

— C'est bon, c'est bon. Je te le dis. Bon, donc, ta mère, elle avait pas le droit de sortir avec des gars. Ton grand-père était hyper sévère et il la surveillait tout le temps. Puis quand elle est tombée enceinte de toi, ça a été la panique. Et il l'a fichue dehors !

— Ah ouais ? Aïe… Et elle est allée où ? Je me souviens pas de ça…

— T'étais bien trop petite. Elle se promenait pas mal. Elle changeait de place, avec toi, si j'ai bien compris. Bref, c'était pas facile.

Je demeure silencieuse un moment, le temps de repenser à cette période de ma vie qui n'est qu'un gros flou dans ma tête. J'étais pourtant certaine d'avoir des souvenirs de ma mère, mais je n'en ai pas de ça… de notre errance, je veux dire.

— Bref, elle se déplaçait pas mal, mais elle restait quand même ici, dans le village. Ce qui dérangeait le plus, c'était qu'elle vivait pas avec le père.

— Le père ?

— Ben… ton père, quoi ! Personne savait c'était qui, de toute manière. Elle voulait pas que le vieil Aimé le sache, j'imagine, parce qu'il l'avait menacée de… Peu importe. Il était vraiment en colère, quand il a dit ça. Et tout le monde était un peu d'accord avec lui. Même si sa réaction était pas mal intense, quand on y pense.

— Tu veux dire quoi par là, exactement ?

— Tu sais, moi, je m'en balance, mais dans le coin, dans ce temps-là, c'était un peu mal vu de tomber enceinte toute seule. De toute façon, c'est pas ça, l'important. L'affaire, c'est que, quand elle a disparu, les rumeurs ont dit que...

Je la coupe aussitôt, pour la corriger.

— Elle a pas disparu. Elle a eu un accident de voiture.

Cette fois, mon amie garde le silence un long moment, en se mordant les lèvres. De quoi elle parle ? Je ne me souviens pas de tous les détails, mais mes parents adoptifs m'ont raconté tout ça, déjà. Ils ont dit que la voiture de ma mère avait eu un accident et qu'elle était morte sur le coup. Pas qu'elle avait disparu ! C'est n'importe quoi.

— Écoute, tu as raison. Ta mère a eu un accident. Sauf que c'était un MÉGA accident ! On t'en a pas parlé ?

— Euh… pas vraiment. J'ai pas eu trop de détails. Et je suis pas sûre non plus que…

— Non, mais attends, c'est genre LA PLUS GROSSE histoire dans cette ville !

— Qu'est-ce que tu veux dire par là ?

— Parce que c'est à cause de cet accident qu'il y a désormais une voie de contournement pour entrer dans la ville. Tu as bien dû remarquer les détours qu'il y a sur la route pour venir ici, non ?

Je hausse les épaules, parce que ce n'était pas un détail vraiment important pour moi. Jusqu'à maintenant, du moins.

— En tout cas, reprend Paméla, toujours est-il que le pont s'est effondré, ce jour-là ! Il était en réparation ou je sais pas quoi et quand l'auto de ta mère est passée dessus, il est tombé ! Carrément !

— Ah ouais…

— Ça a fait les manchettes des journaux. Je le sais parce que ma mère les a gardés.

— Et le pont a jamais été reconstruit ?

— Non, répond mon amie en secouant la tête. Trop dangereux, qu'ils ont dit. Mais il est toujours là, si tu veux le voir. En partie, du moins.

Cette fois, c'est à mon tour de secouer la tête. Ce serait beaucoup trop morbide d'aller visiter l'endroit où ma mère est… morte.

Pam me laisse à peine le temps de digérer toutes ces infos avant de continuer :

— Bref, c'est pas le plus important. Tu t'es jamais demandé où elle allait, quand l'accident est arrivé ?

Comme je ne réponds rien, elle murmure :

— Elle allait rejoindre un homme. Parce qu'elle avait décidé de refaire sa vie ailleurs, en te laissant ici. Enfin… c'est ce que les gens ont dit.

Je secoue la tête avec l'impression de manquer d'air. Ma mère serait donc partie en me laissant derrière, selon cette théorie complètement folle ? Mais pourquoi elle aurait fait ça ? Pourquoi elle m'aurait abandonnée… ?

Je réalise soudainement que je préfère ne pas le savoir. Par contre, dans tout ce que Pam vient de m'apprendre, il y a quelque chose qui a retenu mon attention. Quelque chose que j'ai besoin de découvrir.

— Et mon père, c'est qui ? Je suis sûre qu'il y a des gens qui doivent le savoir, dans le village, non ?

— Désolée, mais là-dessus je peux pas t'aider. Comme je te dis, je pense que personne l'a jamais su. Même ton père. Enfin… si celui-ci habite réellement dans le village. On peut pas en être sûrs non plus.

Tout en caressant mon lièvre, je continue de réfléchir. Oui, il y a des chances que mon père ait vécu ailleurs, mais il y en a aussi qu'il soit ici.

Pas très loin de moi. Et que je réussisse à le retrouver. Ça ne doit pas être si difficile. Il s'agit simplement de retracer tous les hommes ayant habité dans le village il y a treize ans. Pam pourra m'aider pour cela.

D'ailleurs, j'en profite pour la questionner :

— Dis-moi, tes parents, ils ont bien connu ma mère ?

Elle hoche la tête, puis ajoute.

— Bien sûr ! Je crois que nos mères étaient dans la même classe. Je pourrais te montrer une photo, quand tu viendras chez moi.

— Oh oui, j'aimerais beaucoup !

— Bon, tu me le passes, maintenant, le lièvre ? On est presque arrivées !

Je me résous à lui tendre l'animal, non sans prendre mille et une précautions. Puis, je saisis les poignées de mon vélo et me remets à marcher, le cerveau en ébullition.

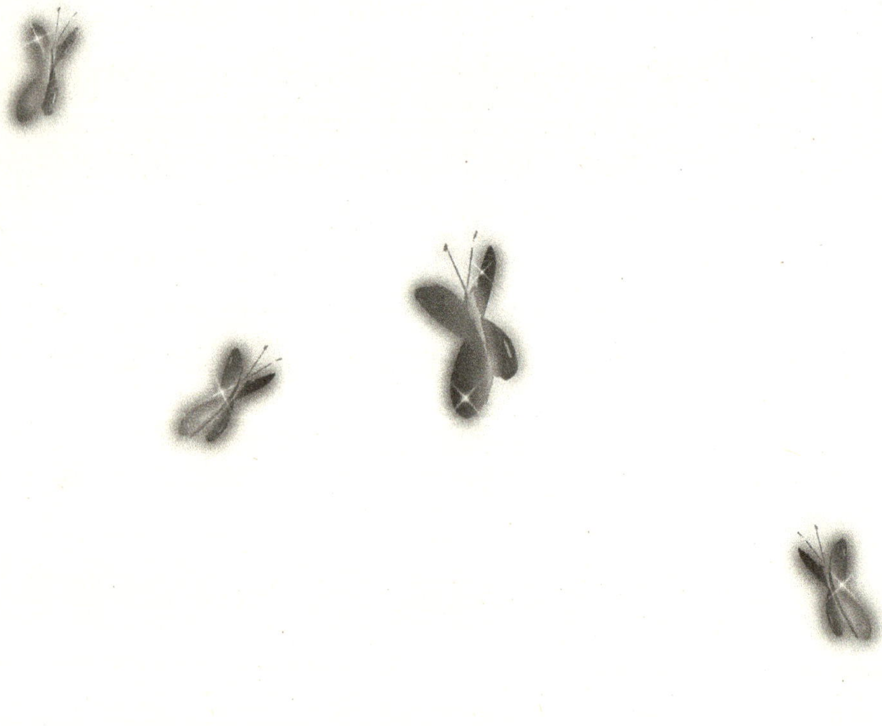

#DERETOUR SURYOUTUBE

C'est Pam qui me fait remarquer que nous sommes enfin arrivées lorsqu'elle commence à se plaindre.

— Argh ! Je savais que tu l'avais tenu plus longtemps que moi ! Pas juste !

Je n'ai pas le temps de lui répondre que c'est faux et que nous l'avons tenu aussi longtemps l'une que l'autre. Sam est déjà sur le perron, le visage fermé.

— Où t'étais ? me lance-t-il.

— Je… je suis allée faire un tour au party d'Estéban, avec Paméla. Je t'ai laissé un mot sur…

— Je croyais t'avoir dit de pas le fréquenter, Maélie.

— Mais je… je ne le fréquente pas lui. C'est avec Pam que j'étais, dis-je, guère enchantée de me faire parler de la sorte.

Ce n'est pas mon père, que je sache ; qu'il lâche un peu le morceau. Et je ne faisais rien de grave ! D'un autre côté, si je veux qu'il me permette de garder le lièvre, je ferais mieux de faire profil bas.

— Je voulais pas que tu t'inquiètes. Je m'excuse. Je croyais pas que… que tu serais fâché.

Sam inspire un bon coup et semble enfin se calmer. J'en profite pour faire signe à Pam de s'avancer, afin qu'elle dévoile l'animal qu'elle cache sous son t-shirt.

— On a trouvé ça. Il a juste un mois et j'aimerais le... ben… le garder. Si t'es d'accord. Ce serait un peu comme… comme un cadeau d'anniversaire, dis-je en baissant les yeux.

— C'est vrai… On n'a rien fait pour le célébrer. Désolé, je suis un peu nul pour ce genre de choses.

Je hausse les épaules en jetant un coup d'œil à Pam, qui me fait de gros yeux en chuchotant : « C'était ton anniversaire ?!? »

— C'est pas grave.

— Et tu penses être capable de le sauver ? demande Sam en s'approchant pour caresser la petite bête. Il a pas l'air fort, fort.

— Je m'y connais un peu, tu sais. Avant, j'avais un hérisson.

Pam, qui n'a pas soufflé un seul mot depuis notre arrivée, ne peut plus se retenir et s'écrie :

— Pour de vrai !? Trop cool ! Pourquoi tu l'as pas amené ???

— Je pouvais pas le prendre avec moi dans l'avion. Alors, je l'ai laissé à une amie. Mais quand je retournerai chez moi, il sera encore là.

— Il s'appelle comment ?

— Henry.

— Henry le hérisson ? Ooooh ! Trop chou !

— Bon, les filles, vous voulez entrer ? Je viens de me préparer du café, mais j'ai aussi du chocolat chaud, si jamais…, intervient Sam, visiblement mal à l'aise devant Pam et moi.

J'acquiesce et Pam me suit, tenant toujours le lièvre. J'ai l'impression que ça va marcher ! Sam ne semble pas le détester et il ne m'a pas demandé de le laisser dehors.

Sourire aux lèvres, j'accepte la tasse de chocolat qu'il nous sert, avant de demander si je peux aller coucher mon lièvre dans ma chambre. Sam hoche la tête, non sans mentionner que nous en rediscuterons plus tard. Ça me va. J'aurai plus de temps pour trouver des arguments en faveur du petit animal !

Pam sur les talons, je me rends jusqu'à ma chambre, où elle entre avec les yeux ronds.

— Wow, c'est bien beau ! Tes rideaux sont méga cool ! Et les lumières au-dessus de ton lit ! J'adore ! Tu peux me montrer comment tu as fait ?

— J'ai trouvé ces idées sur Pinterest. Et… en fait, j'ai aussi filmé un DIY pour expliquer comment…

— Un DIY ? répète Pam en prenant place sur mon lit.

— Un *Do It Yourself.* C'est un tutoriel pour bricoler. Attends, je te montre.

Je saisis mon ordinateur, je le place sur le lit, face à nous deux, puis je démarre l'enregistrement de ma première vidéo. Je ne l'ai toujours pas mise en ligne, mais elle est prête, dans l'attente que le courage me revienne…

Pam la regarde attentivement, en souriant devant les mimiques que je fais à l'écran, puis elle rigole franchement lorsque la vidéo se termine. Elle se tourne ensuite vers moi.

— T'as une chaîne YouTube ?

— Ben… pas encore. Je l'ai pas démarrée. Mais je compte bien le faire. Enfin… je pense.

— C'est sûr que tu dois le faire ! Ta vidéo est super ! Et promis, je serai ta première abonnée !

— Je sais pas…

— Allez ! Comment on fait pour la mettre en ligne ?

Sans me méfier, je lui indique le bouton. Elle me tend alors mon lièvre, que je saisis en douceur. Puis, pendant que je suis concentrée sur ce dernier, elle se dépêche d'attraper mon portable, de se lever avec lui et d'appuyer sur le bouton en question !

OH, LA TRAÎTRESSE !!!

Je panique, mais avec un lièvre dans les bras, je ne peux pas faire grand-chose.

— Pourquoi t'as fait ça ?!? J'ai dit que j'étais pas encore prête !

— Te connaissant, tu l'aurais jamais fait ! Là, c'est réglé ! Et… regarde, tu as déjà une vue ! Non, attends… deux ! Trois ! Cool, mon amie va bientôt être une vedette !

— Mais pas du tout ! Redonne-moi mon ordi !

Pam vient se rasseoir à mes côtés pour me montrer, fière d'elle, les vues qui se font sur ma nouvelle chaîne. Ouais… elle a peut-être raison. Ça semble plaire, si j'en juge par les commentaires qui apparaissent en dessous de la vidéo. Pam s'empresse d'ailleurs de les lire, tout excitée.

Je me penche à mon tour, un léger sourire aux lèvres…

J'aime les licornes

Oh, wow ! J'adore ce que tu as fait avec tes rideaux ! Je vais tester ça immédiatement. Mes rideaux sont trop BEURK !!!

RÉPONDRE

Girly2000

As-tu d'autres vidéos ? Tu as l'air cool !

RÉPONDRE

Mimi la souris

Ton bonnet de chat est juste trooooop beau ! Où tu l'as acheté ?

RÉPONDRE

Étoile de mer

Bof… Déjà vu 100 fois sur Pinterest.

RÉPONDRE

Et ça continue comme ça encore et encore… Mais le dernier commentaire que je viens de lire me tire une grimace. De son côté, Pam me fait signe de ne pas m'en faire. Il y aura toujours des gens jaloux.

Lorsque j'atteins la quarantième vue, je referme l'ordinateur. Pam pousse un petit cri de frustration, mais je vais porter mon portable sur le haut de mon meuble.

— On va pas regarder les gens regarder ma vidéo, franchement !

— C'est quand même cool de lire les commentaires…

— De toute manière, il faudrait qu'on installe un petit lit pour le lièvre, tu crois pas ?

Le sourire revient sur le visage de Pam, qui se penche pour embrasser la tête de la petite bête, couchée en boule sur le lit.

— Oui, c'est vrai. Mais on va le mettre où ?

— Je sais pas, mais… Pinterest va nous le dire, lui !

— Hein ?

Je m'assois par terre, mon cellulaire dans les mains, et j'indique à Pam de venir fouiller sur le site avec moi. Emballée, elle passe son temps à pointer tel ou tel bricolage. Nous portons finalement notre choix sur une espèce de tente, créée avec un vieux t-shirt. Ce qui me donne une idée… que j'expose sans attendre à Paméla.

— Ça te tente de faire une vidéo avec moi ? On pourrait la publier sur ma nouvelle chaîne !

— Oh oui ! C'est troooop une bonne idée ! Moi aussi, je vais devenir une vedette !

— Ha ! Ha ! Arrête d'exagérer. On sera pas des vedettes du tout !

— C'est toi qui le dis ! Bon, on fait quoi ?

— D'abord, on doit trouver ce dont on va avoir besoin. Ensuite, je m'occupe de tout !

Sans plus attendre, Pam et moi nous mettons à la tâche.

ACCUEIL | À PROPOS DE MOI | MES DIY | FAQ | CONTACTEZ-MOI

Suivez-moi !

RSS

YouTube

2 abonnés

COMMENT FABRIQUER UN LIT POUR UN BÉBÉ LIÈVRE !

Bonjour, tout le monde ! C'est encore moi, Maélie ! Mais cette fois, je ne suis pas seule ! Je vous présente mon amie Pam !

– Saluuuuuuut !

Merci, Pam. Si on fait une vidéo ensemble, c'est parce qu'on vient de trouver...

* * * * * * * AVERTISSEMENT * * * * * * *
Les images qui suivent pourraient
être vraiment trooop mignonnes...
* *

... UN BÉBÉ LIÈVRE !!!

– En plus, il est suuuuuper gentil et quand il ne dort pas, il nous tète le doigt et...

Suivez-moi!

RSS

YouTube

2 abonnés

Oui, exactement, Pam. Donc, on a un nouveau DIY à vous proposer. Un DIY qui nous sera très utile. N'est-ce pas, Pam?

– Telllllllement!

Ce qu'on veut bricoler, c'est un...

– ... LIT POUR LE BÉBÉ LIÈVRE!

D'ailleurs, comment on appelle ça, déjà, un bébé lièvre?

– Euh... aucune idée.

Peu importe! On vient de disposer tout ce dont on va avoir besoin pour le DIY juste devant nous. Avant de vous montrer ça, je veux encore une fois vous dire que si vous décidez de faire ce DIY pour réaliser un lit pour... ben, pas nécessairement pour votre bébé lièvre. Ça peut aussi être pour votre chat, votre souris, votre furet, etc.! Bref, j'aimerais voir vos photos!

Et voilà! *Go* pour la vidéo!

ACCUEIL | À PROPOS DE MOI | MES DIY | FAQ | CONTACTEZ-MOI

Suivez-moi !

RSS

YouTube

2 abonnés

Donc, comme je le disais, pour ce DIY, Pam, on va avoir besoin de quoi ?

– Ah, c'est à moi ! On a besoin…

- d'un vieux t-shirt affreux (comme celui-ci) ;
- d'une boîte en carton (pas trop grosse) ;
- d'un coussin (ou de paille, pour le lièvre) ;
- d'un cutter (faites attention !!!) ;
- d'épingles à nourrice.

Est-ce que c'est tout, Pam ?

– Je pense que oui !

Suivez-moi !

RSS
YouTube

2 abonnés

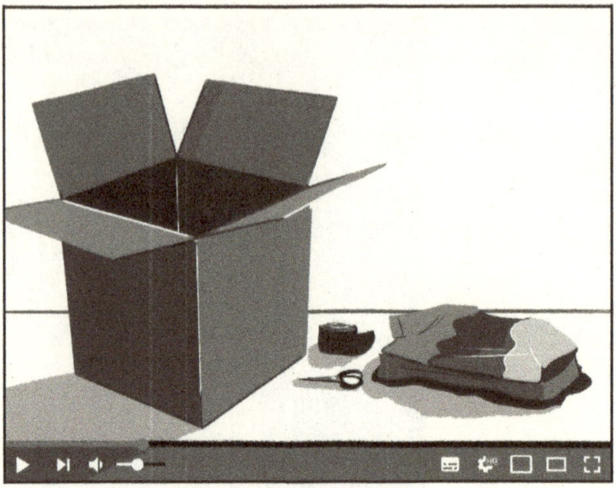

Super ! Alors, allons-y avec les différentes étapes !!!

Étape numéro un :
De un, en faisant uuuultra attention, il faut couper le haut de la boîte avec le cutter.

Étape numéro deux :
De deux, on doit enfiler le t-shirt SUR la boîte ! L'important, c'est de s'assurer que le col du t-shirt se trouve sur le haut de la boîte. C'est par là que le lièvre pourra entrer dans son lit !

Étape numéro trois :
De trois, avec les épingles à nourrice, vous devez maintenant attacher les bouts du t-shirt qui dépassent.

Suivez-moi !

RSS

YouTube

2 abonnés

Étape numéro quatre :
Et de quatre, il ne reste qu'à installer un coussin ultra moelleux dans la boîte !

Voilà ! Aussi simple que ça ! Maintenant, Pam et moi, on va s'activer pour vous montrer le résultat de nos efforts. N'est-ce pas, Pam ?

– Ouuuuuuuui !!!

Super ! Allez, hop !

Encore nous !

Avec un superbe lit pour mon mini-lièvre ! Regardez comme il est bien, couché dedans !

ACCUEIL | À PROPOS DE MOI | MES DIY | FAQ | CONTACTEZ-MOI

Suivez-moi !

RSS

YouTube

2 abonnés

J'aime vraiment ce DIY parce que je le trouve simple et facile à exécuter. En plus, je suis bien contente d'avoir fait cette vidéo avec mon amie Pam. J'espère que vous aussi, vous avez apprécié.

D'ailleurs, je vous invite à mettre un « j'aime » en bas de ma vidéo si vous l'avez aimée et, surtout, n'hésitez pas à vous abonner à ma chaîne YouTube !

Ah, et pour ceux et celles qui ont une idée du nom que je devrais donner à mon bébé lièvre, écrivez-le dans les commentaires. Bye, tout le monde !

– Byyyyyyyye !

Merci, Pam !

40 vues 32 3 PARTAGER

Les DIY de Maélie

Publié le 2 septembre

Voici une superbe maison pour notre nouvel ami le lièvre ! Si vous avez des idées de noms à lui donner, faites-nous part de vos suggestions !

5 COMMENTAIRES

Ami des animaux

Un lapinnnnnnnn ! Il a l'air si doux !

RÉPONDRE

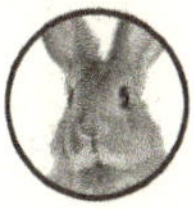

Experte en lapins

C'est pas un lapin, c'est un lièvre.

RÉPONDRE

Ami des animaux

OK, et en quoi t'es une experte des lapins, toi ?!

RÉPONDRE

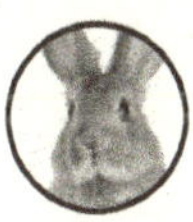

Experte en lapins

Moi, au moins, je suis capable de faire la différence entre un lièvre et un lapin !

RÉPONDRE

Les DIY de Maélie

Merci, les filles ! Dites, est-ce que vous savez comment on doit prendre soin d'un lièvre ? Je sais pas trop quoi lui donner à manger…

RÉPONDRE

ACCUEIL | À PROPOS DE MOI | MES DIY | FAQ | CONTACTEZ-MOI

Adorable

Géniale, cette vidéo à deux !

RÉPONDRE

LLL

Libérons les lièvres

Tu devrais pas le remettre dans la nature, ton lièvre ? Il est quand même super chou.

RÉPONDRE

Les DIY de Maélie

Je peux pas. Il a perdu sa maman…

RÉPONDRE

LLL

Libérons les lièvres

Oh non !!! Pauvre petit…

RÉPONDRE

DIY

J'adore les DIY

Tu devrais l'appeler Pinterest.

RÉPONDRE

Les DIY de Maélie

Wow ! J'adore l'idée !

RÉPONDRE

Étoile de mer

Encore une fois, rien de bien original…

RÉPONDRE

Samedi 1er septembre

Paméla

Alors, tu as mis la vidéo en ligne ?

Moi

Oui, va jeter un coup d'œil sur ma chaîne.

Pam

OMG, je suis trop nerveuse !

Pam

Il y a des vues ?

Moi

Mais oui ! Notre vidéo est géniale, tu vas voir.

Paméla

Et moi, je parais pas trop grosse ?

Samedi 1er septembre 3

Moi

T'es parfaite, arrête de t'en faire !

Paméla

La caméra, ça fait prendre dix kilos.
C'est pas moi qui le dis ! C'est prouvé !

Moi

Ben en tout cas, ça te va très bien, ces dix kilos de plus.

Paméla

T'es bête ! 😉
Bon, je vais aller voir ça.
On se reparle plus tard !

Moi

👍

#RENTRÉESCOLAIRE

Lundi 3 septembre

Y a pas moyen. Je suis ultra nerveuse. Je sens mon cœur battre à un rythme fou dans ma poitrine et je déteste ça. Mes mains sont moites, et durant toute la durée du trajet entre chez moi et l'école, j'ai eu de la difficulté à bien tenir le guidon de mon vélo.

J'aurais pu prendre l'autobus scolaire – c'est ce que je devrai faire cet hiver –, mais je n'avais pas envie de plonger aussi rapidement dans cette jungle. Sam m'a aussi proposé d'aller me conduire, mais j'aurais été obligée de revenir en bus. Je préfère être plus autonome. Par contre, ça m'a pris au moins quarante minutes avant d'arriver enfin au village. Et encore dix minutes pour me rendre jusqu'à l'école.

J'ai le front en sueur, mais pas question pour autant de retirer mon bonnet. Ne sachant trop où laisser mon vélo – je n'ai pas pensé à prendre un cadenas –, je le pose contre le mur de l'école, dans la cour. D'autres élèves ont fait pareil, alors je me dis que c'est la chose à faire. Puis, le menton bien bas et les yeux fixant le sol, je me dirige vers les portes principales.

C'est toujours ainsi que je me déplace lorsqu'il y a trop de gens autour de moi. Je plie le dos et je tente d'occuper le moins d'espace possible. L'important, c'est surtout de n'effleurer personne. Au secondaire, il ne faut pas nous toucher entre nous. Ça rend certaines personnes agressives. En plus, je déteste sentir l'odeur des autres si je m'approche un peu trop.

La quantité de jeunes qui ne mettent pas de déodorant, c'est hallucinant !

D'un autre côté, marcher la tête basse, ce n'est pas l'idéal. Avancer sans relever les yeux me permet peut-être de ne pas marcher sur les pieds de qui que ce soit, sauf que j'ai quand même de la difficulté à éviter les sacs à dos qui me frôlent. Mais j'y suis habituée et je me pousse juste à temps pour éviter un groupe de gars qui se précipitent à l'intérieur sans se soucier de moi.

La routine, quoi.

Cela dit, ça fait bien mon affaire. Je suis un peu moins contente lorsque j'entends mon nom, sur ma droite. Mais lorsque le visage de Pam apparaît dans la foule, je pousse un petit soupir de soulagement. Ça m'étonne encore que cette fille veuille bien être mon amie. D'ailleurs, elle ne m'a toujours pas expliqué pourquoi elle a abandonné les siens pour rester avec moi…

Il faudra que je songe à lui poser la question.

Je me redresse un peu (mais pas trop) et relève la tête. Dès qu'elle arrive à ma hauteur, elle s'écrie :

— Ah, te voilà ! On dirait que c'est dans tes habitudes d'être toujours en retard !

— Non, non, c'est juste qu'en vélo c'est plus long…

— T'as pris ta bicyclette ? Mais pourquoi ? Il fait super chaud, en plus !

Je hausse les épaules, ne voulant pas m'éterniser sur le sujet. Bien sûr que j'ai remarqué la chaleur ! Je m'essuie d'ailleurs subtilement la tempe droite, en pinçant les lèvres.

— Mais c'est pas de ça que je voulais te parler. T'as remarqué le nombre de vues sur la chaîne ??? On va bientôt être célèbres !

— Franchement, Pam, quarante vues, c'est pas la fin du monde…

— Quarante ? T'as pas vérifié le nombre ce matin, toi ! On est à CINQUANTE !

Je me retiens de sourire devant son enthousiasme. Pas la peine de lui dire que, sur mon ancienne chaîne, j'avais bien plus d'abonnés que ça et que les vues se comptaient par milliers…

Nous commençons à marcher et pour ne pas nous attarder sur le sujet, je demande à Paméla :

— Comment on fait, pour notre horaire ?

— Notre horaire ?

— Ben… j'ai pas encore le mien. Je sais même pas si Sam m'a bel et bien inscrite, alors…

— Viens, on va aller voir le directeur. Il va pouvoir te confirmer ça.

L'école n'est pas énorme, et il ne faut pas longtemps pour nous retrouver devant la porte du secrétariat. Un jeune homme qui se tient derrière un petit bureau sourit en apercevant mon amie.

— Ah, bonjour, Paméla. Tu as besoin de quelque chose ?

— Pas moi. C'est Maé qui veut s'assurer qu'elle est bien inscrite. Pelletier est là ?

— MONSIEUR Pelletier, tu veux dire ? insiste le secrétaire d'une voix sèche.

— Ouais, désolée… Monsieur Pelletier, il est arrivé ?

— Pas encore, mais ça ne devrait pas tarder. Comme la cloche va bientôt sonner, va dans ta classe. Je signerai un billet à ton amie pour justifier son retard.

Pam grimace, visiblement déçue de ne pas pouvoir rester avec moi plus longtemps. Mais l'homme lui fait un signe de la main pour lui dire de partir au plus vite. Elle prend tout de même le temps de se pencher vers moi pour me murmurer à l'oreille :

— Je veux qu'on soit dans le même casier, OK ? Pas question d'être coincée avec… En tout cas, je préfère être avec toi.

— Euh… pas de problème.

— Super ! On se voit tout à l'heure ! Bye !

— Bye…

Je la regarde s'éloigner, puis je vais m'asseoir sur une des deux petites chaises installées dans le secrétariat. L'homme se remet à ranger ses documents, sans plus se préoccuper de moi. De mon côté, j'ai de plus en plus chaud. Faudrait vraiment que je retire ce fichu bonnet, mais je doute du look qui se cache en dessous…

Une fois de plus, j'essuie la goutte de sueur qui menace de couler sur ma tempe, puis je soupire en me demandant pourquoi il n'y a aucune fenêtre ouverte dans la pièce. Je gigote un peu, je tente de trouver une position confortable et je me fais même un peu de vent en secouant le col de mon t-shirt, mais rien n'y fait.

Je suis en train de cuire sur place !

De plus en plus impatiente, j'attrape mon cellulaire pour passer le temps et me mets à vérifier le nombre de nouveaux abonnés sur ma chaîne. Une trentaine. Bon… Ce n'est pas énorme, mais ce n'est pas étonnant non plus. On ne récolte pas des centaines d'abonnés du jour au lendemain quand on démarre une chaîne. Il faut laisser aux vidéos le temps de devenir virales avant de paniquer.

Et cette Étoile de mer commence à m'énerver. Elle dénigre constamment mes vidéos. C'est énervant. Je ne lui ai rien fait, que je sache, et si elle n'aime pas mes DIY, qu'elle cesse de les regarder. Je dis « elle », mais au fond, je ne sais même pas si c'est un garçon ou une fille. L'image reliée à son pseudo est une simple étoile de mer.

Peu importe, je ne devrais pas me préoccuper de lui. Ou d'elle. J'ai déjà vu bien pire…

Je devrais plutôt publier une autre vidéo avant la fin de la semaine. Ça aiderait à augmenter mes vues. Plus je vais en mettre, plus ça va intéresser les gens. Je regarderai quel DIY je pourrais faire ce soir, dès mon retour à la maison…

— Maélie ? Maélie Cyr ?

#MONSIEURPELLETIER

Je relève les yeux aussitôt et rencontre le regard franc du directeur, qui se tient debout devant moi. Mal à l'aise, je me racle la gorge avant de répondre :

— Oui. C'est moi. Je… j'étais pas sûre que Sam avait… Je veux dire, que Samuel Duguay avait complété mon inscription. Je voulais juste savoir si…

— Oui, bien sûr. Viens avec moi dans mon bureau, me répond le directeur en me faisant signe de le suivre. On va vérifier tout ça.

Je me redresse et, d'une démarche hésitante, je vais le rejoindre dans une autre pièce. Un ventilateur y a été actionné, et je pousse un petit soupir de soulagement. Ouf, enfin un peu d'air frais.

Si on peut dire…

Je prends place et commence à triturer mes ongles, comme je le fais toujours quand je suis stressée. Je garde le silence en attendant que monsieur Pelletier m'explique mon horaire. Mais celui-ci me fixe avec une étrange lueur dans le regard. Après quelques secondes malaisantes, il se décide à murmurer :

— Tu lui ressembles, tu sais…

— Je lui… euh… Quoi ?

— Excuse-moi. À Lili. À ta mère, je veux dire. Je l'ai bien connue quand nous étions plus jeunes.

— Ah… euh… d'accord. Ben, je me souviens pas d'elle, alors…

— Non, j'imagine, lâche-t-il dans un soupir. Mais elle serait fière de voir la belle jeune fille que tu es devenue, j'en suis certain.

Je me mords les lèvres, gênée. C'est quoi, l'affaire ? Est-ce que je vais constamment être confrontée à des gens qui me parlent de ma mère, tout le temps que je vivrai ici ?

C'est limite intense, je trouve !

Tandis que le directeur inspire un bon coup et se met à fouiller dans le paquet de feuilles posées devant lui, je me mets à songer à un truc. Un truc totalement dément. Mais peut-être un tout petit peu réaliste. Un tout petit peu… ou pas du tout. Je ne sais plus.

Me voilà qui me renfrogne sur mon siège. Ça n'a pas de sens, je m'en rends bien compte. Il ne peut pas… Il n'est sûrement pas… Mais alors que le directeur reprend ses explications sur le déroulement de la journée, mon horaire dans les mains, je me surprends à ne pas l'écouter. Tout ce que je fais, c'est l'observer en détail.

Il a les cheveux bruns. Comme moi. Les yeux tout aussi foncés. Son nez est plus large, mais pour le reste, il pourrait très bien être… mon père ? Est-ce que mon hypothèse est si folle que ça ?

— Alors, voilà ! J'espère que tu apprécieras notre école, Maélie, conclut monsieur Pelletier. Et encore une fois, je suis très content de te savoir parmi nous. Ça va, tu n'as pas de questions ?

Sans réfléchir, j'en profite pour demander :

— Vous la connaissiez bien… genre… très bien ?

— Hein ? répond monsieur Pelletier en fronçant les sourcils.

— Non, rien, laissez tomber. Je… je vous souhaite une bonne journée, dis-je en attrapant mon horaire d'une main avant de filer en direction de la porte.

La honte ! Mais qu'est-ce qui m'a pris de lui poser une telle question !?

Pourtant, juste avant que je sorte, monsieur Pelletier m'interpelle de nouveau, et je me tourne vers lui, un espoir naissant au fond du ventre.

— Ton bonnet. Il faudra l'enlever. Tous les types de chapeaux sont interdits dans l'école, lâche-t-il en pointant ma tête.

Zut… je crois que je vais devoir passer par les toilettes avant de me rendre jusqu'à ma classe… Ce que je fais sans plus attendre. Pendant que je suis là-bas, mon cellulaire se met à vibrer, et je lâche ma chevelure indomptable pour me concentrer sur le message qui vient d'entrer.

Pam

Alors ? Tu viens, ou quoi ?
C'est genre suuuuuper long !

Moi

Ouais, je viens de sortir
du bureau de Pelletier.

Pam

On dit MONSIEUR Pelletier ! 😂

Moi

LOL

Moi

Dis... j'ai une question.

Pam

Je t'écoute. Le prof est en train de nous expliquer en long et en large le plan de cours de l'année. Suuuuuuper nul ! 😴

Moi

Le directeur, il a l'âge de ma mère, tu crois ?

Pam

Euh... ouais. Mais c'est quoi le rapport ?

Moi

OK, tu vas trouver ça un peu fou, mais...

Moi

Crois-tu que ça pourrait être lui, mon père ?

Pam

OH MY GOD ! Ce serait fou ! Mais en même temps, ce serait cool, parce que tu pourrais en profiter...

Moi

Hein ? De quoi tu parles ?

Pam

Ben, si c'est vraiment lui ton père, tu pourrais être en retard le matin, oublier de faire tes devoirs, et peut-être même...

Moi

Franchement !

Moi

Pam ?

Moi

T'es encore là ?

Pam

Je peux plus t'écrire. Le prof vient de m'avertir. On en parle ce midi.

Moi

👍

Moi

J'arrive dans deux minutes !

Je range mon téléphone pour détailler mon visage. Les mêmes yeux. Oui. J'y suis peut-être presque arrivée. Je suis à deux doigts de retrouver mon père… Mais parce que je ne veux pas m'emballer trop vite, je secoue la tête et reviens à mes priorités, à savoir arranger ce qui me sert de chevelure pour ne pas qu'on se moque de moi.

Comme je déteste me faire des couettes – on voit trop mon visage à ce moment-là –, je finis par tresser le tout et par ramener ma tresse sur le côté. Puis, j'inspire un bon coup.

Ça va bien aller, Maélie, ça va bien aller. Tu n'es pas dans ton ancienne école. Personne ne te déteste, ici…

• • •

Maman

Et alors, ma belle, as-tu reçu notre cadeau ?

Moi

Oui, merci.

Lundi 3 septembre

18

Maman

Le serre-tête à oreilles de chat te plaît ?

Moi

Il est parfait.

Maman

Je suis bien contente, alors. Ton père veut savoir si tu as besoin de sous ?

Moi

Ben...

Maman

On a fait un versement sur ton compte. Disons que ça te servira à te gâter.

Moi

OK. Je te laisse, j'ai des devoirs.

Maman

Je comprends. De toute manière, je dois travailler.

Maman

Bonne soirée, ma belle !

Estéban

Comment va le lièvre ?

Moi

Bien. Il est super doux et mignon.

Lundi 3 septembre

18

Moi

Encore merci de me l'avoir donné.

Estéban

N'importe quoi pour te faire plaisir ! 😉

Estéban

T'es trop jolie quand tu souris…

Estéban

Je suis certain que tu souris, là.

Estéban

Mais tu sais, t'es belle même quand tu souris pas, hein !

Estéban

En fait, t'es toujours belle...

Estéban

OK, je te laisse tranquille, sinon Sam va dire que je te harcèle. Déjà qu'il me porte pas dans son cœur...

Moi

Comment ça ?

Estéban

Hé, t'es là ?!

Moi

Allez, dis-moi pourquoi il te porte pas dans son cœur, comme tu dis.

Lundi 3 septembre

18

Estéban

Longue histoire. Mais pour en revenir à nos moutons, je disais que t'étais super jolie.

Estéban

Peu importe que tu souries ou pas.

Estéban

Tu souris, en ce moment ?

Estéban

C'est bon, j'ai compris le message. Je te raconterai, un de ces jours, à propos de Sam.

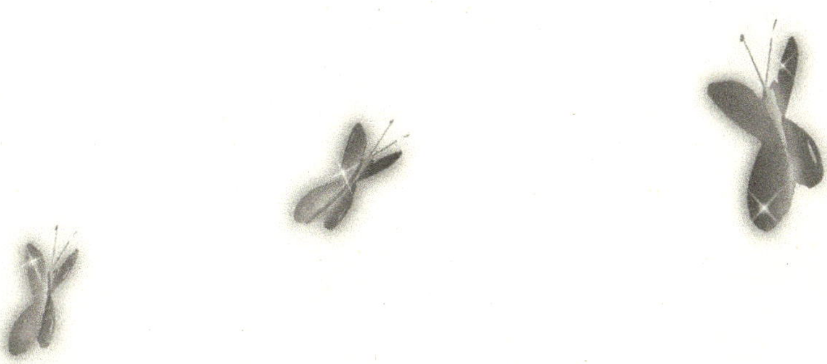

#PASFAITPOURTOI

Jeudi 6 septembre

Il n'y a pas de cafétéria. On doit tous s'entasser dans un local où on ne vend que des sandwichs au jambon. Très peu pour moi. Et ça sent super mauvais ici. Pourquoi les autres ne mettent-ils pas plus de déodorant, aussi ?

Je sais que je me répète, mais j'ai l'impression d'étouffer. Pam semble être dans le même état que moi, car elle secoue la tête avant de souffler :

— Et si on allait manger dehors ?

Je m'apprête à hocher vigoureusement la tête quand une fille du groupe qui a déjà pris place aux premières tables élève le ton pour mentionner à ses amies :

— Ouais… la vue est pas géniale, par ici…

Je ne peux faire autrement. Je m'imagine automatiquement que l'insulte m'est adressée. Pourtant, en tournant les yeux vers la fille qui vient de parler, je constate que ce n'est pas moi qu'elle regarde, mais Paméla. Celle-ci fait claquer sa langue, attrape mon bras, puis me tire hors de ce qui sert de cafétéria.

Ce n'est qu'une fois dehors qu'elle ralentit et que je parviens à lui poser la question qui me brûle les lèvres.

— C'était qui, cette fille ? Et pourquoi elle…

— Aaaaah ! J'sais pas. J'la connais pas.

— T'es sûre ? Parce qu'elle avait l'air de…

Arrivée devant une table de pique-nique installée sur l'aire gazonnée de la cour d'école, Pam lance son sac et s'assoit durement, en poussant un long soupir.

— OK, je la connais. C'est juste que… Elle me rend folle !

Je m'assois prudemment en face d'elle, puis je déballe mon repas en attendant qu'elle me dise ce qui se passe exactement.

— Stella dit que je lui ai volé son chum ! Mais c'est faux ! J'ai juste… Je pouvais pas savoir, moi ! Et en plus, c'est pas comme s'il l'avait trompée avec moi. Il venait de la quitter, et je…

— Woh, woh ! dis-je en levant les mains devant moi pour la stopper sur sa lancée. Tu m'expliques du début, s'il te plaît ? Je comprends rien à ce que tu dis. Recommence, OK ?

— Ouais, désolée. Tu savais que j'étais sortie avec Estéban, non ? Ou en tout cas, que je l'avais fréquenté.

Je hoche la tête.

— Bon, ben juste avant, il voyait Stella. Mais ça, je le savais pas, parce qu'elle voulait pas que ses parents l'apprennent. Donc, ils l'ont dit à personne. Quand Estéban et elle se sont quittés, il m'a ensuite demandé de sortir avec lui. Je te disais l'autre jour qu'il passe d'une fille à une autre. J'inventais pas, tu sais !

— Euh… c'est ce que je vois, en effet…

— Mais c'est pas super grave non plus. Je suis restée avec Estéban genre une semaine et demie ! Et Stella, pas tellement plus !

— Sauf qu'elle croit que tu lui as volé son chum. Dans ce cas, pourquoi tu vas pas t'expliquer avec elle ?

Pam fait aussitôt la grimace avant de répliquer :

— Pour qu'elle croie que je me sens coupable !? Non merci ! Et puis, je croyais qu'on était amies, toutes les deux. Mais qu'elle fasse passer un gars avant moi, je trouve ça méga nul. Je préfère ne plus avoir affaire à elle !

Elle conclut sa tirade en ouvrant son sac pour saisir son sandwich et en prendre une grosse bouchée. Puis, toujours en mâchouillant son déjeuner, elle reprend :

— Chest pour cha que che suis contente de t'avoir rencontrée. T'as pas l'air d'êchtre le chenre de fille à trop te préoccuper des gars. Chest aussi bien. En pluch…

— Ouais, mais… pourquoi t'avalerais pas ce que t'as dans la bouche avant de… ?

Pam sourit aussitôt. Elle ouvre ensuite la bouche très grand pour en dévoiler le contenu, ce qui me tire un petit cri de dégoût.

— OK, OK, désolée ! s'écrie-t-elle en s'essuyant la bouche. Je rigole ! Bon… et si on revenait à un sujet de conversation beaucoup plus intéressant… À savoir : TON PÈRE !

Elle se penche vers moi par-dessus la table, jette un œil autour de nous, puis chuchote :

— T'étais sérieuse quand tu disais que c'était peut-être Pelletier… ?

— Je sais pas trop. Je connais personne, ici, moi. Je sais pas quels liens ils avaient, plus jeunes. Mais il m'a dit que je lui ressemblais. Donc… il l'a bien connue…, dis-je sur le même ton.

— Je pourrais peut-être poser la question à ma mère. En fait, si tu viens chez moi, on le lui demandera ensemble. Oh oui ! Viens chez moi ! Je te montrerai la photo de ta mère, comme promis. Et je…

Un énorme bruit résonne sur la table et nous fait toutes les deux sursauter. Estéban, content de l'effet produit par son sac à dos, prend place à ma droite, un large sourire au visage.

— C'est quoi ces petits secrets, les filles ?! demande-t-il en nous fixant chacune notre tour.

— Pas tes affaires, réplique Paméla en croisant les bras. Tu veux quoi ? On parlait entre adultes, là.

— C'est la rentrée qui te met d'aussi bonne humeur, Pam ? Heureusement, elle a un effet moins intense sur ta copine, continue-t-il en se tournant vers moi. Je voulais savoir comment allait le lièvre. Comme t'es pas trop du genre à répondre à tes textos, je viens prendre de ses nouvelles en personne. Sam a accepté que tu le gardes, en fin de compte ?

— Euh… ouais. Il a dit oui. Enfin… il a pas dit non, en tout cas.

— Hum… ça veut pas dire grand-chose, puisqu'il dit jamais rien, alors…

— C'est pas vrai ! C'est juste que Sam parle pas pour rien dire.

Surprise moi-même de prendre la défense de mon hôte, je sens mes joues se remettre à rougir. Mais Estéban ne semble pas s'en soucier, occupé qu'il est à me dévisager.

— T'as un truc de changé, toi… Oh, je sais ! Ton bonnet ! Il est où ? Tu l'as toujours sur la tête, d'habitude.

— J'ai pas le droit de…

— Ça te va bien, comme ça, lâche-t-il en empoignant une mèche de mes cheveux. On voit mieux ton visage. T'es super jolie ! Peu importe que tu souries ou pas…

Je le repousse et replace mes cheveux sur le côté de mon visage en marmonnant :

— N'importe quoi…

Je n'aurais pas dû laisser mon bonnet dans mon nouveau casier. J'ai pris l'habitude de le mettre là, durant la journée. Je n'ai pas pensé au fait que je sortirais sur l'heure du déjeuner et que je pourrais le remettre sans me faire avertir par les surveillantes. Ou par monsieur Pelletier…

Heureusement, Pam vient à ma rescousse en s'écriant :

— OK, lâche-la. Tu t'intéresses à elle juste parce qu'elle est nouvelle ici.

— Rien à voir ! réplique-t-il aussitôt en dévisageant durement mon amie.

— Et je me suis fait un plaisir de lui expliquer comment tu t'y prenais, avec les filles. Alors, oublie ça, t'as aucune chance.

— J'ai jamais dit que je voulais sortir avec elle ! C'est juste que… je la trouve…

Cette fois, ça y est, je suis rouge tomate. Pour faire cesser ce supplice, je me décide enfin à intervenir.

— Hé, je suis là, en passant ! Pas besoin de parler de moi comme ça ! Et c'est bon, merci, Pam, mais Estéban m'intéresse pas du tout. Alors, on peut passer à autre chose ?!

Estéban revient à moi, me dévisage, une lueur différente dans le regard. Puis, il sccoue la tête et se relève.

— OK, je vous laisse tranquilles. Vous allez pouvoir continuer à vous raconter vos petits secrets en paix.

Sans un regard de plus pour nous, il s'éloigne à grands pas pour rejoindre plusieurs jeunes, qui l'accueillent en lui tapant le dos. Je ne peux m'empêcher de continuer à le regarder disparaître au bout du terrain, tandis que Pam reprend là où on en était.

#PASFACILEDEDIRENON

J'ai raté le début de ce que Pam raconte, mais lorsque je me concentre de nouveau sur elle, je ne suis pas surprise de voir qu'elle n'a toujours pas lâché le morceau.

— Tu pourrais venir dîner chez moi demain, après les cours ! Attends, j'appelle ma mère pour savoir si c'est bon.

Je m'apprête à lui dire que je ne peux pas, car j'ai un vélo à trimballer, quand mon propre téléphone se met à vibrer. Je le saisis pour voir qui m'a écrit.

Estéban

Alors, c'est la vérité, ça ?

Je lève les yeux, mais je ne l'aperçois pas. Intriguée, je me dépêche de lui réécrire, tandis que Pam discute encore avec sa mère au cellulaire.

Moi

Quoi?

Estéban

Je t'intéresse pas...?

Moi

Je veux pas de chum. C'est vrai.

Estéban

Peut-être que je pourrais te faire changer d'avis...

Moi

Je vois pas pourquoi tu ferais ça.

Estéban

Oh, allez… Me semble que c'est évident, non ? Même Pam s'en est rendu compte !

Moi

Je suis pas sûre de comprendre…

Estéban

OK, j'aimerais bien qu'on se fréquente un peu. C'est dit. Maintenant, c'est ton tour de répondre « moi aussi ».

Moi

Désolée.

Estéban

Tu es désolée parce que tu me trouves trop mignon pour répondre ?

Jeudi 6 septembre

41

Moi

C'est pas ce que j'ai écrit du tout !

Estéban

Allez, avoue...

Moi

J'ai rien à avouer. Et de toute manière, tu passes d'une fille à une autre. Pas du tout mon genre, quoi.

Estéban

Faut pas écouter tout ce que t'entends sur moi. J'arrête pas de te le dire.

Moi

Mais c'est la vérité ! Juste avant Pam, tu sortais avec Stella ! Et avant, tu avais sûrement une autre blonde.

Jeudi 6 septembre

41

Estéban

C'est quand même flatteur de voir que tu t'es si bien informée sur moi...

Moi

Je me suis pas...

Moi

Tu me fais dire n'importe quoi ! Bon, je te laisse, Pam vient de raccrocher.

Estéban

Attends !

Moi

Quoi, encore ?

Estéban

Je vais passer chez toi ce soir pour voir le lièvre. C'est seulement pour m'assurer qu'il va bien. J'ai de la bouffe spéciale pour lui que je t'apporterai.

Estéban

Aucune arrière-pensée. Promis.

Moi

Je sais pas... Je te réécris.

Estéban

Super ! Ne m'oublie pas...

Moi

Aucune chance.

Estéban

LOL

Je réussis à fermer mon cellulaire et, en levant les yeux, je constate que Paméla me fixe, le regard dur.

— Euh… oui ?

— Tu écrivais à Estéban !

— Tu as lu par-dessus mon épaule ?

— C'est pas la question ! Je te l'ai dit, ce gars est un désastre ! Te laisse pas embobiner !

— Embobiner ? C'est mignon, ça aussi, comme mot, dis-je en rigolant.

Mine de rien, Pam a toujours de drôles de mots pour s'exprimer. Mais c'est tout de même très mignon.

Mon amie me donne une tape sur la main, non sans rire à son tour. Je n'ai pas envie de m'éterniser sur le sujet d'Estéban. Nous pouvons très bien être amis, lui et moi, non ? Ou en tout cas… nous parler sans que quiconque s'imagine que nous allons tomber dans les bras l'un de l'autre. Cela dit, je ne vois pas comment ça pourrait arriver. Je n'ai jamais embrassé qui que ce soit, et malgré les belles paroles d'Estéban, je doute qu'il me trouve réellement jolie. Il doit dire ça à toutes les filles.

C'est que je suis tellement quelconque… Je n'ai rien de spécial. Ce qui me ramène à mon père potentiel. J'ai beau m'imaginer que le directeur me ressemble, je pense que c'est aussi le cas de la moitié des habitants de la ville… Je ne peux pas baser ma recherche simplement sur des cheveux et des yeux bruns. C'est ridicule !

Non, il faudrait passer à la vitesse supérieure. Autrement dit, que je me renseigne sur la vie de ma mère à l'époque où elle m'a eue. Que je découvre qui elle fréquentait. Ce qu'elle faisait. Ce qu'elle aimait. Et qui aurait pu lui plaire assez pour… pour qu'elle en tombe amoureuse.

Parce qu'une part de moi veut vraiment croire que ma mère aimait mon père. Et que c'est la raison pour laquelle elle était prête à tout quitter pour lui. Sinon… ça voudrait dire que je ne valais pas grand-chose, au fond…

— C'est décidé, ma mère est d'accord ! Tu dînes chez moi demain ! m'annonce Pam après avoir cessé de rire.

— Je sais pas… je viens à l'école en vélo, comme tu le sais. Je peux pas le laisser ici.

— On ira le porter chez Pierre, et tu le reprendras une autre fois.

— Pierre ?

— Le garagiste !

— Mais on va y aller comment, chez toi ?

— Avec Félix. C'est lui qui me donne un *lift* tous les jours.

— Et t'es certaine qu'il va pas te laisser tomber pour aller chez sa blonde, comme l'autre jour ?

— Il a pas le droit, les jours d'école. Il doit d'abord me ramener. Donc, on fait ça ?

Je finis par capituler. L'idée de voir une photo de ma mère me plaît vraiment. Même si ça veut aussi dire que je devrai venir à l'école en autobus, par la suite…

• • •

Estéban

Alors, je peux passer ce soir ?
J'ai la bouffe pour ton lièvre…

Moi

Désolée, je vais faire des courses avec Sam.

Estéban

Selon moi, c'est une excuse pour ne pas que je vienne, ça.

Moi

Quoi !?

Moi

Mais non, voyons !

Moi

Pourquoi je ferais ça ?

Estéban

D'abord, parce que Sam est pas du genre à faire des courses.

Estéban

Et aussi parce que tu réponds un peu trop vite à ma question…

Moi

C'est n'importe quoi.

Moi

C'est moi qui dois aller acheter des trucs, parce que j'ai plus rien pour le déjeuner.

Moi

Et je réponds pas si vite que ça.

Estéban

Si tu le dis.

Estéban

Mais c'est bon, va faire tes courses. On se verra demain.

Moi

Je peux pas, demain, je vais chez Pam.

Estéban

Encore des excuses ?

Moi

C'est pas ça !

Jeudi 6 septembre 42

Estéban

OK, OK, ne te fâche pas. Écris-moi quand t'as deux minutes, alors, et je viendrai.

Moi

D'accord...

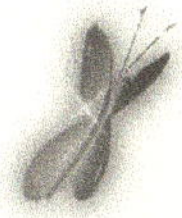

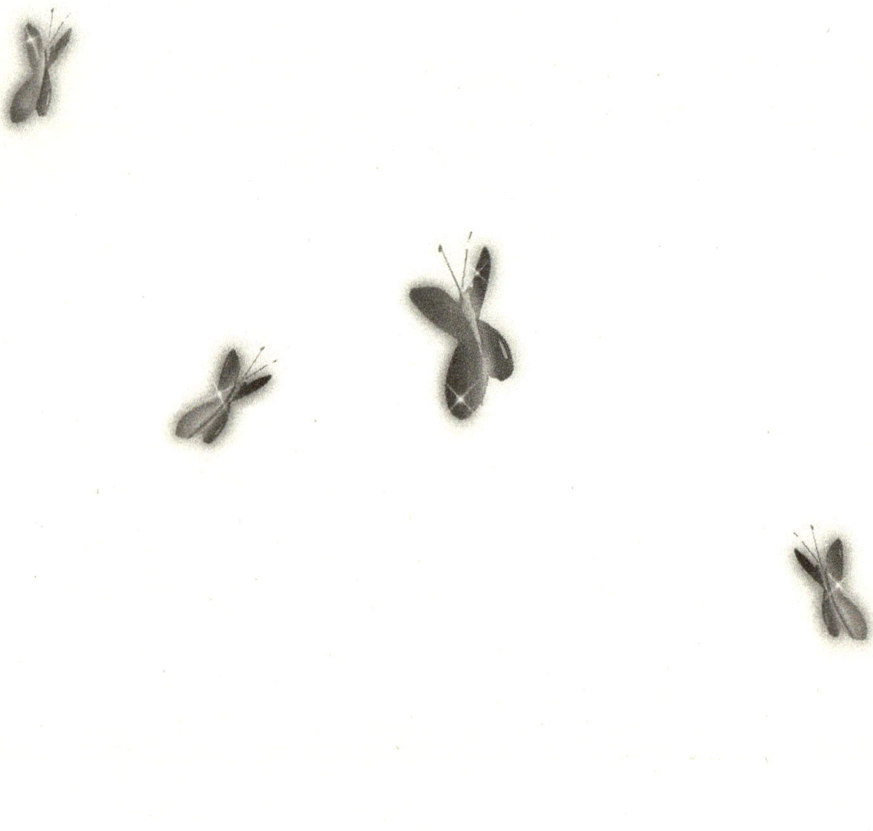

#LIENSDEPARENTÉ

Vendredi 7 septembre

— On fait une autre vidéo ? me lance Pam en posant les mains sur ses hanches.

— Euh… ben… j'ai pas ce qu'il faut pour ça, tu sais.

— On a juste besoin de ton cell, non ?

— Oui, mais aussi d'un bon éclairage et de mon ordi pour…

— C'est bien compliqué ! Ça paraissait super simple l'autre fois ! lance-t-elle en se laissant tomber sur son lit.

Ne sachant où me mettre, je reste debout, hésitante, tout en jetant des coups d'œil à ce qui m'entoure. Sa chambre est quasiment deux fois plus grande que la mienne. La déco est bien, mais Pam semble avoir quelques difficultés à maintenir en vie la plante-araignée qui pendouille lamentablement sur une étagère.

Je m'en approche pour vérifier le niveau d'eau quand Pam me lance :

— J'ai pas trop la main verte, comme dit ma mère. Chaque fois qu'elle me donne une nouvelle plante, celle-ci trépasse dans les semaines qui suivent. Je suis trop nulle.

— Elle trépasse, hein ? dis-je avec un petit sourire.

Pam ne fait que hocher la tête, sans se rendre compte qu'elle me fait rigoler. Je reprends donc :

— Pourquoi t'en as une, alors ?

Mon amie hausse les épaules avant d'expliquer :

— Je trouve ça beau. Mais elle va encore finir à la poubelle…

Pour revenir à la raison de ma présence ici, je finis par demander :

— Alors, euh… ma mère. Tu disais que tu avais une photo d'elle ?

— Ah, oui, c'est vrai ! Mais je sais pas trop où… Quand mes parents seront arrivés, on le leur demandera. En attendant, on pourrait chercher sur Pinterest. C'était cool, de trouver des DIY à faire.

Voyant qu'elle ne lâchera pas le morceau, je lui propose plutôt de mettre en ligne une des vidéos que j'ai faites depuis que je suis arrivée chez Sam. Emballée, elle démarre son ordinateur, installé dans un coin de sa chambre, et après avoir ouvert ma session, je lui montre la vidéo sur l'éclairage fait avec des balles de ping-pong, puis celle sur mon débardeur à face de chat.

Elle choisit la seconde et en moins de deux, la voilà disponible sur ma chaîne. Quelques commentaires entrent déjà après quelques minutes.

---

50 vues 3 👍 1 👎 PARTAGER

Les DIY de Maélie
Publié le 7 septembre

Encore moi ! Mais cette fois, je vous présente un DIY suuuuuper simple, afin de customiser vos t-shirts ou débardeurs sans intérêt. Envoyez-moi vos photos si vous décidez de reproduire mon DIY !

4 COMMENTAIRES

J **Jujubes**

Bonne idée ! Je l'essaie immédiatement avec mon vieux t-shirt noir !

👍 👎 RÉPONDRE

Squinny

Ça marche sur une robe ?

RÉPONDRE

Les DIY de Maélie

Bien sûr ! Je veux voir le résultat si tu le fais !

RÉPONDRE

Squinny

D'ac !

RÉPONDRE

Chouchou

Je doute que ça résiste au lavage...

RÉPONDRE

Les DIY de Maélie

Il faut mettre du vernis transparent.

RÉPONDRE

Chouchou

OK, je verrai.

RÉPONDRE

Étoile de mer

Encore toi ? Je comprends pas pourquoi tu continues de publier des vidéos. Sont toutes ennuyeuses à mourir !

RÉPONDRE

Squinny

Hé, c'est quoi ton problème ? Lâche-la un peu !

RÉPONDRE

— C'est qui ça, Étoile de mer ? Méga stressante ! lance Pam en me pointant le commentaire désagréable.

— Ouais, je sais. J'ose pas lui répondre. Je me dis que ça va juste lui donner du jus. Et j'aime pas les disputes.

— Faudrait la bloquer.

— T'as raison. J'aurais dû y penser avant.

À ce moment, Pam tend l'oreille : des voix nous parviennent de la cuisine. Ses parents sont arrivés ! Elle saute aussitôt sur ses pieds et court les rejoindre pour me les présenter.

Je me dépêche de la suivre, mais dès que j'arrive à mon tour dans la cuisine, je me fige. Je ne peux m'en empêcher… Son père… Il… il n'a pas du tout les cheveux blonds, comme Paméla et son frère Félix. Au contraire, il est aussi brun que moi. Plus encore, même.

Je tourne la tête vers mon amie, interloquée, et elle semble enfin comprendre ma réaction. Elle ouvre alors de grands yeux, avant de lâcher :

— Mais non, c'est pas possible ! Papa, je peux pas croire…

— Croire quoi, ma grande ? répète-t-il en s'approchant pour qu'elle nous présente.

— Oh, que tu lui ressembles ! intervient alors la mère de Pam en s'approchant de moi pour porter les mains à mon visage. C'est fou ! Marc, si tu avais connu Lili, tu dirais la même chose ! Maélie est son portrait tout craché !

— T'as pas connu la mère de Maélie ? demande Pam, qui semble enfin reprendre contenance.

— Non, malheureusement. J'ai trois ans de plus que ta mère, et quand on a commencé à se fréquenter, j'étudiais en ville. Donc, je revenais seulement les week-ends ici. Ce qui fait que je n'ai jamais rencontré Lili. Mais… j'en ai entendu parler par Chantal, termine le père de Paméla en me souriant gentiment.

Sa mère, pour sa part, finit par me lâcher et recule en secouant la tête.

— Je suis encore sous le choc. Ça ne doit pas être facile pour… Enfin, peu importe. Si tu veux, j'ai un superbe album rempli de photos de ta mère, quand elle avait ton âge. Tu aimerais le voir ?

— C'est ce que je lui ai dit tout à l'heure, indique Pam.

Je respire un peu mieux. D'ailleurs, il faut vraiment que je cesse de m'emballer dès que je rencontre un homme qui me ressemble. Mon père n'habite peut-être même pas dans ce village !

Je suis ridicule !

Pendant que la mère de mon amie va chercher ses albums et que son père commence la préparation du dîner, je m'assois avec Pam dans le salon. Celle-ci me murmure :

— Ne me fais plus une peur pareille, toi ! Pendant une seconde, j'ai cru que mon père…

— Désolée. Je voulais pas… Mais avoue que…

— En fait, ce qu'il faudrait, c'est faire une liste de tous les candidats potentiels. Ainsi, on serait un peu plus avancées. Qu'est-ce que t'en dis ?

— Tu ferais ça pour moi ?

— Bien sûr ! Et je t'en dois une, de toute manière ! me lance Pam avec un clin d'œil.

— Comment ça ?

— Grâce à toi et à ta chaîne, je vais devenir une célébrité et j'aurai une notoriété mondiale !

J'éclate de rire, sans trop comprendre la fin de sa phrase. Mais qu'est-ce qu'elle raconte, encore ? Remarquant mon air perplexe, Pam m'explique :

— Notoriété, ça veut dire être connu de tout le monde ! Comme une vedette, quoi ! Désolée, ma mère est correctrice, alors je suis bien forcée d'utiliser de grands mots…

— Et ton père, il fait quoi ?

— Il est ingénieur. Il a déjà travaillé avec Sam, d'ailleurs.

— Comment ça ?

— Ben… parce que Sam fait de la construction. Mais là, il est à son compte, alors il prend des contrats quand ça lui tente. Sauf qu'il en a pas réellement besoin pour vivre, étant donné qu'il reçoit une rente pour… ben… je sais pas trop. Je m'y connais pas tant, côté assurances.

Je fronce les sourcils, ne saisissant pas tout ce qu'elle me dit. Elle conclut :

— L'important, c'est qu'il a pas de problèmes d'argent ! Bon… c'est bien long avant que ma mère revienne !

Je hoche la tête, un peu distraite. Décidément, il y a encore des tas de choses que j'ignore au sujet de Sam…

#LAPHOTODELILI

Chantal revient enfin, et je me pousse pour qu'elle puisse s'asseoir entre Pam et moi. Elle se met ensuite à tourner les pages de son album, jusqu'à ce qu'elle tombe sur une photo de deux adolescentes, prise d'assez loin.

Ouais… on ne peut pas dire que la résolution des appareils photo était géniale, dans le temps ! Mais l'important, c'est qu'on réussit tout de même à voir le visage des deux filles. L'une me paraît familière, et je comprends de qui il s'agit en entendant Paméla s'écrier :

— M'man ! T'étais toute fine !

— Hé ! Je le suis encore !

— Ben… un peu moins, quand même…

— Tu m'en reparleras quand tu auras porté deux enfants, toi ! Mais pas tout de suite, hein !

— Aucune chance ! Maé et moi, on a fait une croix sur les garçons, de toute façon…

— C'est vrai ? Parce que les garçons, c'est quand même intéressant…, mentionne sa mère en se tournant vers moi, ce qui me fait rougir instantanément.

— Euh… ben… c'est que…

— Je vous taquine, les filles ! Bon, et si on se concentrait un petit peu sur la mère de Maélie plutôt que sur ma silhouette de jeunesse ! Regardez, ici, c'est justement Lili à côté de moi.

Je me penche pour mieux regarder le visage de ma mère. C'est vrai. Sauf pour la grandeur – ma mère me paraît plus grande que moi –, on se ressemble beaucoup. Autrement dit, mes cheveux bruns, c'est d'elle que je les tiens. Ce qui signifie que mon père pourrait très bien être roux que ça ne changerait rien. Et que je n'ai plus aucun indice pour le retrouver, désormais…

La mère de Pam tourne les pages et nous montre plusieurs photos d'elle, toujours en compagnie de ma mère. Si je comprends bien, elles étaient vraiment très amies, à l'époque. Peut-être qu'elle en sait donc assez pour me dire qui est la personne que je cherche…

— Est-ce que… est-ce que ma mère avait un amoureux, au secondaire ?

— Hum… pas vraiment. Son père était très conservateur et ne la laissait pas sortir avec des garçons. De toute manière, pour être franche, je ne l'ai jamais vue s'intéresser à qui que ce soit.

— Mais… j'ai parlé avec monsieur Pelletier, aujourd'hui, et… je me demandais si lui et elle… ?

— Monsieur Pelletier… ? Tu parles de Guy ? Guy Pelletier ? insiste-t-elle, les yeux ronds.

Je hoche la tête, mais à ma plus grande surprise, Chantal éclate d'un rire franc, puis elle s'écrie :

— Alors là, aucune chance ! Guy Pelletier… j'aurai tout entendu ! Mais où es-tu allée pêcher ça ?

Je hausse les épaules, intimidée par son ton, mais je décide tout de même d'expliquer :

— Quand je suis allée dans son bureau, ce matin, il… il avait l'air de bien la connaître. Pourquoi il aurait dit ça, si… ?

La mère de Pam ne m'écoute déjà plus. Elle feuillette son album, puis tombe sur une photo de classe typique. Une vingtaine d'élèves installés sur trois rangées qui fixent le photographe, en ordre de grandeur, leur enseignante portant une jupe longue dans le coin droit.

J'étudie la photo, à la recherche de ma mère. Il ne faut pas longtemps pour que je la trouve. Facile. On dirait moi. En plus jeune. Sauf que moi, j'ai les yeux plus fuyants. Et les siens étaient verts. Pas noirs, comme les miens. Elle était beaucoup plus jolie que moi. J'aurais aimé me souvenir de ça. Et de bien d'autres choses…

Mon regard glisse ensuite vers les autres jeunes, à la recherche de je ne sais quoi. Ou plutôt, de je ne sais qui… Chantal me pointe alors un jeune garçon, tout en bas, avant de dire :

— Le voilà, Guy. Il était dans notre classe, à ta mère et à moi. On était tout le temps ensemble, au primaire. Guy, Lili et Chantal. Les trois mousquetaires…

— Il y avait pas quatre mousquetaires, dans l'histoire ? signale Pam.

Sa mère lâche un petit soupir d'agacement sans prêter plus d'attention à sa remarque, avant de reprendre, juste pour moi :

— On a cessé de le fréquenter au secondaire, mais… je te garantis que Guy n'était pas amoureux de ta mère, Maélie. Impossible.

— Mais comment vous pouvez en être aussi certaine ?

Cette fois, Chantal hésite. Elle se mord les lèvres un instant, avant de se résoudre à avouer :

— Les filles, je veux vraiment que ça reste entre nous, d'accord ? Bon… Guy… Enfin, monsieur Pelletier, il a toujours été…

Pam et moi, nous sommes suspendues aux lèvres de la mère de mon amie. Celle-ci baisse alors la voix pour conclure :

— Il aimait les hommes, quoi. Je veux dire, il les aime toujours, d'ailleurs.

— Sérieux ?! lâche Pam, interloquée.

De mon côté, je me fiche bien de connaître l'orientation sexuelle de mon directeur. Je suis juste déçue de comprendre que j'étais totalement à côté de la plaque. Pendant que Pam continue de s'exciter à propos de monsieur Pelletier, je tends la main vers la photo de classe et la décolle de l'album. Chantal, qui me voit faire, me souffle :

— Je te la donne, si tu veux. Ça te fera un souvenir. Et toi, Pam, tu oublies tout ce que je viens de te dire, compris ? Ne va pas raconter à tout le monde que ton directeur est… C'est un petit village, ici, et chacun a ses secrets, tu m'entends ?

— Ouais, ouais…, marmonne Pam, avant de faire claquer sa langue.

Sa mère referme alors l'album d'un geste sec, puis se relève.

— Je vais aller voir si ton père a besoin d'aide. Bon, allez vous laver les mains, en attendant, et venez ensuite nous aider à mettre la table.

Je jette un coup d'œil à Pam, qui semble trouver le comportement de sa mère un peu excessif, car elle lève les yeux au ciel, alors que Chantal nous tourne le dos. Mon amie se penche ensuite vers moi pour me demander une fois de plus :

— Tu penses qu'on pourrait faire une vidéo, après le dîner ?

— Pam ! Je te l'ai dit tout à l'heure. Il nous manque trop de choses !

— Je suis sûre qu'on peut trouver tout ça ici. Papa a des lampes de poche méga puissantes dans le garage ; quant au DIY, on a juste à en choisir un facile. S'te plaîîîîîîît ! me supplie-t-elle en joignant les mains.

Je soupire pour la forme, mais finis par acquiescer. Elle saute de joie et attrape mes mains pour que je danse avec elle dans le salon. Je me laisse faire un moment, puis je finis par reprendre les choses en main. Après tout, pour qu'un DIY soit réussi, on doit être bien préparées !

— OK, commence par aller chercher l'éclairage dont tu parles. Même si, bon… je doute que ce soit suffisant. On va faire des tests, au pire.

— Suuuuuper !

— Pendant ce temps, je vais trouver un DIY facile sur Pinterest. On tournera le tout juste après le dîner. Ensuite, je devrai m'en aller parce que Sam est un peu à cran depuis le party chez Estéban

— Ouais, en même temps, t'aurais pas dû lui dire que c'était là que t'allais. C'était clair qu'il allait paniquer.

— J'allais pas lui mentir non plus ! Et pourquoi c'était sûr qu'il paniquerait ?

Pam arrête de sautiller un peu partout pour me fixer, avant d'expliquer :

— Ben… parce que Sam et le père d'Estéban se détestent. Tout le monde sait ça.

— Tout le monde sauf moi ! Pourquoi tu me l'as pas dit ? Et pour quelle raison ils se détestent, au juste ?

Cette fois, mon amie secoue la tête, indiquant ainsi qu'elle n'en sait pas plus, avant de changer de sujet, comme elle le fait parfois.

— Tu dois avoir hâte de retrouver ton lièvre ! Il est siiiii mignon ! Tu lui as trouvé un nom, d'ailleurs ?

— Hum… je t'ai pas dit ?

Pam hausse les sourcils en attendant que je poursuive.

— Pinterest !

— Hein ?

— C'est son nom ! Pinterest !

— Pour de vrai ? Wow, c'est trooooop beau ! J'adore ! Et il est le seul lièvre au monde à s'appeler comme ça, j'en suis sûre !

Je hausse les épaules, avant d'ajouter :

— Bah, c'est pas comme s'il y avait beaucoup de monde qui avait un lièvre de compagnie non plus…

— T'es ultra chanceuse. Moi, mes parents voudraient jamais que j'en prenne un à Estéban. Et lui, on sait bien pourquoi ses parents les gardent…, lâche-t-elle en faisant une grimace.

— Qu'est-ce que tu veux dire ?

— Ben, c'est évident… Ils vont les faire grossir et les manger quand ils seront adultes.

J'ouvre de grands yeux effarés. Les manger ?! Sérieux ??? Voyant mon air, Pam éclate de rire, avant de dire :

— Mais non ! Je rigole ! Tu devrais voir ta tête ! Ha ! Ha !

Incapable de rigoler à mon tour, j'insiste :

— T'es certaine qu'ils vont pas les manger ? Je veux dire… mon grand-père, lui, il…

— Oublie le vieil Aimé ! Bon, je vais chercher la lampe de poche de papa. Je reviens dans deux minutes !

Et là-dessus, elle tourne les talons, ses cheveux voletant dans son dos. Mon cellulaire en main, je me mets aussitôt en mode recherche. En quelques clics à peine, je tombe sur le DIY parfait pour l'occasion. Paméla va adorer, j'en suis convaincue. Ça va lui permettre de remplacer ses plantes à moitié mortes. Et avec ce DIY, pas besoin d'avoir la main verte !

J'épingle le tutoriel sur Pinterest, puis je ferme mon téléphone et me dirige vers la cuisine pour proposer mon aide aux parents de mon amie.

ACCUEIL | À PROPOS DE MOI | MES DIY | FAQ | CONTACTEZ-MOI

Suivez-moi !

RSS
YouTube

70 abonnés

COMMENT AVOIR UNE PLANTE À LA MAISON SANS JAMAIS DEVOIR L'ARROSER !

Salut, tout le monde !!! C'est encore nous, Maélie et Pam !

– Saluuut !

Hi ! Hi ! Aujourd'hui, nous avons un DIY bien spécial à vous présenter. D'abord, parce que Pam n'est pas du tout au courant de ce qui l'attend. C'est une surprise !!

– Et moi, j'adooooore les surprises !

Je le savais ! Donc, Pam, j'ai songé à ton goût pour les plantes...

– Ah, euh... mais tu sais que je suis nulle pour...

Exactement ! Pour tous ceux et celles qui n'ont AUCUN talent pour conserver leurs plantes dans un bel état, ce DIY est parfait !

Suivez-moi !

RSS

YouTube

70 abonnés

– C'est vrai ?

Absolument ! Grâce à ce bricolage, plus besoin d'arroser vos plantes, de vérifier l'ensoleillement, d'en prendre soin ni de leur parler !

– Ben… j'aime pas trop les cactus, parce que ça pique, Maélie, tu sais…

Mais non ! Ce n'est pas ça qu'on va faire !

– Ni les plantes en plastique…

Ne t'en fais pas, ce n'est pas ça non plus ! Je vous explique de quoi vous aurez besoin dans quelques secondes !

Juste avant, n'hésitez pas à nous faire part de vos commentaires ci-dessous ! Et envoyez-nous vos photos, hein ?! Bon, tu es prête, Pam ?

– Je pense que oui…

Super ! Alors, *go* pour cette vidéo !

ACCUEIL | À PROPOS DE MOI | MES DIY | FAQ | CONTACTEZ-MOI

Suivez-moi !

RSS

YouTube

70 abonnés

Et voilà ! On est de retour ! Nous avons déposé juste devant nous ce dont nous aurons besoin pour ce DIY. Pam, tu veux nous montrer de quoi il s'agit ?

– Je suis pas trop certaine de...

Pas de problème ! Je m'en occupe ! Comme je vous le disais, on doit avoir...

• un pot en terre cuite...

– Mais, la plante qu'il y a dedans, on fait quoi avec ?

On la jette ! Ensuite, vous aurez besoin...

• de plusieurs cailloux plats de différentes tailles,

Suivez-moi !

RSS

YouTube

70 abonnés

- d'un pot de peinture verte,
- d'un peu de peinture blanche,
- d'un pinceau,
- de petites pierres (style pierres d'aquarium).

Voilà ! C'est tout. Ah, mais j'oubliais... comme on va faire de la peinture, je vous conseille de porter un tablier. Si vous n'en avez pas, enfilez de vieux vêtements que ça ne vous dérange pas de tacher. Et déposez des journaux sur votre planche de travail pour ne pas la salir.

– Oh, zut, je vais aller me changer, je pense.

Pas de problème ! On vous revient dans trois... deux... un...

Étape numéro un :

C'est le moment de vous expliquer les étapes. Pam est en train de mettre un autre t-shirt et je vais en profiter pour tout vous dire. Étape numéro un, peignez chacun des cailloux plats en vert ! Vous pourriez avoir besoin d'appliquer deux couches.

ACCUEIL | À PROPOS DE MOI | MES DIY | FAQ | CONTACTEZ-MOI

Suivez-moi !

RSS

YouTube

70 abonnés

Étape numéro deux :

Une fois que c'est sec, faites de petites taches blanches un peu partout sur les cailloux mis en peinture. Vous pouvez faire des petits traits, ou même des étoiles. L'important, c'est de varier le tout.

Étape numéro trois :

Mettez les cailloux de côté. Pendant qu'ils sèchent, déposez les petites pierres de style aquarium dans le fond de votre pot en terre cuite.

Étape numéro quatre :

Quand les cailloux plats sont bien secs, il suffit de les mettre sur le dessus des petites pierres, de façon à former un… faux cactus ! Et c'est tout !

Suivez-moi !

RSS

YouTube

70 abonnés

Oh, te revoilà, Pam !

– Oui ! Prête à débuter ! On fait quoi ?

Pendant que nous ferons le DIY en accéléré, place à la musique !

On a fini ! Et alors, Pam, tu en penses quoi, de ta nouvelle plante ?

– J'adoooooore ! C'est une super bonne idée, Maélie ! Merciiiiii ! Plus besoin d'arroser quoi que ce soit ! Je vais peut-être enfin être capable de garder une plante plus d'une semaine !

Mais tu vas quand même être obligée de l'épousseter, par contre…

ACCUEIL | À PROPOS DE MOI | MES DIY | FAQ | CONTACTEZ-MOI

Suivez-moi !

RSS

YouTube

70 abonnés

– Ah ouais, c'est vrai. Pas grave ! Ma mère va s'en charger !

Euh… d'accord.

Maintenant, si vous avez aimé notre DIY, n'oubliez pas de mettre un « j'aime » en bas de notre vidéo et, surtout, n'hésitez pas à vous abonner à ma chaîne YouTube !

Oh, dernière chose ! Pour ceux qui me suivent : j'ai trouvé un nom pour mon lièvre ! C'est une de mes abonnées qui m'a donné cette idée. Il s'appelle désormais Pinterest !

Sur ce, bye, tout le monde !

– À la prochaine !!!

Encore merci à toi, Pam !

134 vues 57 5 PARTAGER

Les DIY de Maélie

Publié le 9 septembre

Voici un DIY fait expressément pour mon amie Pam, qui avait quelques difficultés avec ses plantes. Grâce à ce tutoriel, elle

ACCUEIL | À PROPOS DE MOI | MES DIY | FAQ | CONTACTEZ-MOI

pourra désormais les conserver beaucoup plus longtemps !

8 COMMENTAIRES

B **Brigitte**

Facile à faire, en plus !

RÉPONDRE

Dylane

Maé, c'est toi ? Génial, ta nouvelle chaîne ! Tu veux que je partage ?

RÉPONDRE

Les DIY de Maélie

Je préférerais pas. Merci.

RÉPONDRE

Dylane

OK, écris-moi, tu me manques ! Henry est super heureux chez moi. Je t'envoie une photo sur Messenger !

RÉPONDRE

BFF pour la vie

Tes cheveux sont trop beaux, Pam. C'est quoi, la couleur de ta teinture ?

RÉPONDRE

Paméla

Je me teins pas les cheveux. C'est naturel.

RÉPONDRE

Moustache

Je n'avais pas de peinture verte, alors j'en ai pris de la rose. Ça fait super beau !

RÉPONDRE

Les DIY de Maélie

J'adorerais voir ça !

RÉPONDRE

Moustache

Je vais peut-être même en faire avec du jaune.

RÉPONDRE

Jenny

Si on ne prend pas un pot en terre cuite, c'est grave ?

RÉPONDRE

Les DIY de Maélie

Il faut que le pot soit assez solide pour contenir des cailloux.

RÉPONDRE

Jenny

OK.

RÉPONDRE

Bouquet de roses

Trop beau. Je m'abonne à ta chaîne !

RÉPONDRE

Les DIY de Maélie

Merci !!!

RÉPONDRE

Folle des licornes

Je comprends pas les étapes.

RÉPONDRE

Étoile de mer

Vous m'énervez, toutes les deux. Vous riez comme des idiotes, et c'est agaçant. Je déteste ce genre de chaîne.

RÉPONDRE

Paméla

C'est quoi, ton problème ? Va voir ailleurs, si t'es pas contente !

RÉPONDRE

Étoile de mer

Pam, c'est toi la pire des deux ! T'as juste l'air d'une idiote là-dessus.

RÉPONDRE

Paméla

Je sais pas ce qui me retient de te dire tes quatre vérités !

RÉPONDRE

Les DIY de Maélie

Laisse tomber, Pam. Ça vaut pas la peine.

RÉPONDRE

Vendredi 7 septembre

73

Paméla

On a vraiment des tonnes de vues. C'est fou !

Moi

Ouais, c'est super cool.

Paméla

Mais pour en avoir encore plus, faudrait partager la vidéo sur nos pages Facebook.

Paméla

D'ailleurs, pourquoi on n'est pas encore amies sur Facebook ?

Paméla

Je te fais une demande d'amitié tout de suite.

Moi

C'est pas nécessaire...

Paméla

Dis, c'est normal que je te trouve pas ?

Paméla

Tu t'es inscrite sous un autre nom ?

Moi

Non, c'est que...

Moi

Je suis pas sur Facebook.

Paméla

Ah non ? Et pourquoi ?
Tes parents voulaient pas ?

Vendredi 7 septembre

73

Moi

C'est compliqué.

Moi

Partage la vidéo sur ta page, si tu veux. C'est une bonne idée.

Paméla

OK, cool. Je te dirai si ça augmente le nombre de vues !

Moi

👍

#ÉTOILEDEMER

Lundi 10 septembre

Pam ne devrait pas perdre son temps à répondre à cette Étoile de mer. On s'en fout, de ses commentaires. De toute manière, plus on va lui répondre, plus elle va nous envoyer des méchancetés. Mieux que ça… je suis carrément allée la bloquer.

J'ai fait mes petites recherches hier soir, et j'ai trouvé comment faire. Je n'avais qu'à aller faire un tour sur sa propre chaîne YouTube, pour ensuite l'exclure de la mienne. Facile comme tout et complété en trois secondes, top chrono. Par contre, il n'y avait pas la moindre vidéo, sur sa chaîne. Je n'ai donc pas pu savoir de qui il s'agissait. Mais bon… les chances que je la connaisse sont plutôt limitées.

Après ça, j'ai pu prendre soin de mon petit lièvre sans me préoccuper des commentaires désagréables que je pouvais recevoir sur ma chaîne. La seule chose qui m'a un peu ennuyée, c'est le message de Dylane.

Pas question qu'elle partage ma chaîne sur sa page Facebook. Ce serait le meilleur moyen pour que mes anciens harceleurs me retrouvent. D'ailleurs, comment a-t-elle fait pour tomber là-dessus ? Si elle y est parvenue, d'autres pourraient le faire. Et ça, c'est loin d'être une bonne nouvelle…

Inspire, Maélie.

Ce n'est pas en train de se produire. Personne ne sait où je suis. Et je peux compter sur Dylane. Je sais qu'elle n'est pour rien dans ce qui s'est produit en juin dernier. Ne plus y penser, voilà la solution.

De toute manière, ce n'est pas comme si je n'avais pas d'autres sujets de préoccupation. Assise à l'avant du gros autobus jaune, je tente de me faire aussi petite que possible tandis que le véhicule s'arrête à chaque arrêt. Puisque j'habite sûrement une des maisons les plus éloignées du village, le trajet me semble interminable. Si au moins Pam était avec moi.

Mais non. Elle habite beaucoup plus près de l'école que moi, et de toute manière, comme elle me l'a expliqué, son frère lui donne un *lift* tous les jours. C'est d'ailleurs lui qui est venu me reconduire, vendredi dernier, alors qu'il se rendait chez sa blonde. J'étais ultra intimidée de me retrouver seule dans la voiture avec Félix, mais il ne m'a pas trop parlé, alors ça allait.

L'autobus s'arrête une fois de plus, et une fille monte à bord. Son visage m'est familier, mais sans plus. Ce n'est que lorsqu'elle baisse les yeux vers moi, hésite, puis finit par prendre place à ma gauche que je comprends qui elle est. C'est Stella, l'ancienne amie de Pam. Celle qui a dit un commentaire désagréable l'autre jour, à la cafétéria.

— Salut ! me lance-t-elle sur un ton beaucoup trop enjoué.

C'est louche…

— Euh… salut…

— T'es le nouveau joujou de Pam ? reprend-elle.

Le joujou ? Je sais que je ne devrais pas répondre, mais je ne peux m'empêcher de marmonner :

— Quoi ?

— Sa nouvelle amie. Jusqu'à ce qu'elle en ait marre, quoi !

Je fronce les sourcils. C'est ridicule. Paméla n'est pas comme ça. Elle est vraiment gentille et accessible. Elle ne me laisserait pas tomber après quelques semaines. Enfin… je ne crois pas.

— T'en fais pas. Elle fait le coup à tout le monde. Même à ses chums. Pas pour rien qu'elle est pas restée plus d'une semaine avec Estéban…

— Je pensais que c'était plutôt lui qui était du genre à passer d'une blonde à une autre !

— Bah, peut-être. Ils allaient bien ensemble, ces deux-là, en tout cas !

Je ne veux plus l'entendre dire du mal de mon amie, alors je me tourne vers la fenêtre, mais elle insiste.

— Tu devrais peut-être penser à fréquenter d'autres personnes.

— Hum, hum…

— Je suis sérieuse.

— C'est noté.

— C'est que t'as l'air d'une fille sympa…

— Ah…

— Je veux juste t'aider, tu sais…

— Merci.

— Eh bien, t'es pas super causante, toi !

Je ne réplique rien. Il était temps qu'elle le remarque ! Mieux encore : qu'elle me fiche la paix ! Pour mon plus grand malheur, elle s'entête :

— Je dis ça, je dis rien… mais Pam, ce sera jamais ton amie. Tu pourrais penser à t'en trouver d'autres…

Cette fois, ça suffit. Je me tourne vers elle pour déclarer :

— Je suis une grande fille, je vais me débrouiller.

Elle renifle, signe que je l'énerve à ne rien vouloir entendre, puis elle finit par lâcher :

— En tout cas, c'est toi qui l'auras voulu. Et votre chaîne YouTube… c'est vraiment de la merde. Tu risques pas d'avoir des tas d'abonnés avec ça. Surtout si tu t'amuses à en exclure…

Sa dernière phrase me reste coincée dans la gorge. Je n'exclus personne, moi ! Sauf peut-être… Comprenant enfin ce qu'elle vient de me dire, je tourne la tête vers elle, mais trop tard. L'autobus s'arrête devant l'école, et Stella est déjà debout, prête à en sortir.

Avant que j'aie pu la rattraper, elle a déjà rejoint ses autres amies. Non, je n'irai pas lui dire ma façon de penser devant tout le monde. Pas mon genre. Je devrais plutôt aller en toucher un mot à Pam. Lui raconter tout ce que son ancienne amie fait dans son dos. D'un autre côté, je ne veux pas la blesser en lui annonçant que Stella est la responsable des commentaires blessants que nous avons eus sous nos vidéos. Ça pourrait lui faire de la peine pour rien.

Non, je vais garder ça pour moi. Je suis très bonne là-dedans, de toute manière. Et puis, je n'ai même pas besoin de me forcer, car l'arrivée subite d'Estéban, à ma descente du bus, me fait oublier rapidement ce mauvais moment.

— Hé, j'attendais un texto de ta part ce week-end. Je me suis inquiété, tu sais ! s'exclame-t-il avec un sourire qui dément ses paroles.

— Ah, euh… j'étais pas mal occupée. Et j'ai oublié...

— Hum… est-ce que je devrais le prendre comme une insulte ?

— Quoi ?

— Le fait que tu puisses m'oublier aussi rapidement ! lance-t-il en levant la main pour replacer mon bonnet de chat, qui retombe un peu trop sur mes yeux.

— Je t'ai pas vraaaiment oublié, c'est juste que…, dis-je en repoussant ses doigts, mal à l'aise.

Il balaie l'air d'une main, comme si ce qu'il venait de dire était sans importance, avant de lâcher :

— C'est pas grave, parce qu'on va revenir ensemble, ce soir, et je vais pouvoir te donner ce que…

— Ah non, je crois pas !

— Tu préfères repartir en bus ? Fait pas trop chaud, là-dedans ? demande-t-il en pointant le lourd véhicule du menton.

Pour ne pas me laisser influencer, je commence à marcher, et Estéban m'emboîte aussitôt le pas. En moins de deux, il me dépasse et se met à marcher à reculons, face à moi.

— J'ai mon vélo, dis-je, les joues en feu. Pas question que je retourne là-dedans !

Estéban fronce les sourcils et semble chercher un truc à ma droite, puis à ma gauche, avant de demander :

— Et il est où, ce fameux vélo ?

— Vendredi, je suis allée chez Pam, alors j'ai laissé mon vélo chez le… le garagiste.

— Chez Pierre ? Dans ce cas, il peut bien le garder encore un soir.

Je m'arrête net, et Estéban m'imite.

— Si je fais ça, je devrai ENCORE venir à l'école en autobus. Et… non merci. Comme tu le dis, il fait super chaud là-dedans ! Et je préfère éviter certaines… certaines personnes.

Estéban me détaille un instant avant de hocher la tête, pour ensuite reprendre place à côté de moi. Après quelques pas, il me regarde et lance :

— Pas de problème, je viendrai te chercher sur mon scooter, demain matin. Bon, on se rejoint ici à la fin des cours. À tout à l'heure !

— Hé, non ! Je…

Il ne m'écoute déjà plus, se faufilant parmi la cohue et s'immisçant déjà dans l'école. Je le perds de vue, soupire, puis me dis qu'au pire je n'aurai qu'à me sauver en douce. Il ne courra quand même pas après moi simplement pour me donner de la nourriture à lièvre !

Sur cette pensée, j'entre à mon tour dans l'école, à la recherche de mon local de cours.

• • •

Lundi 10 septembre 106

Paméla

Tu fais quoi ?

Moi

Je suis en train de manger.

Paméla

Où ça ?

Moi

Dehors, près des buissons, où il y a un peu d'ombre.

#NULLEENAMITIÉ

Une ombre me surplombe alors que je viens à peine de prendre une première bouchée de mon sandwich.

Il ne restait qu'un peu de rosbif hier soir. Même pas la moindre mayonnaise. Je vais vraiment devoir discuter avec Sam à ce sujet. Il fait des efforts, je le vois bien, mais disons que côté bouffe, il est plutôt négligent. Je crois qu'il pourrait se nourrir simplement de tartines au beurre de cacahuète. Mais moi, je déteste ça !

Tout en mâchouillant mon pain sec, je lève les yeux vers l'ombre en question. Celle-ci m'interpelle d'une voix impatiente :

— Hé, pourquoi tu m'as pas attendue ?!

J'avale ma bouchée péniblement, puis, comme je n'ai pas de réponse à donner à Pam, je hausse simplement les épaules. Elle se laisse tomber à côté de moi en soupirant.

— Je t'ai cherchée partout ! Tu imagines que c'est Stella qui m'a dit, avec un sourire arrogant au possible, que t'étais sortie pour manger dehors. C'est juste à ce moment que j'ai pensé à te texter.

— Ouais, y avait trop de monde, dans la cafétéria, et comme y fait encore beau…

— T'es devenue son amie ?!

— Hein ? À qui ?

— À Stella !!! s'écrie Pam en levant les yeux au ciel.

— Mais non, pas du tout. J'ai dû la croiser en sortant. J'ai même pas remarqué.

Paméla grogne un coup, puis attrape son sac avec son repas. Elle se remet ensuite à marmonner :

— C'est comme si t'avais jamais eu d'amie, toi ! D'habitude, on s'attend. On court pas se cacher le plus loin possible…

Je la regarde continuer de ronchonner tandis qu'un sentiment de culpabilité monte en moi. Elle a raison. Je n'ai jamais eu d'amie. À part peut-être Dylane. Et encore… Elle restait avec moi simplement parce que le directeur de mon ancienne école voulait qu'elle m'aide à m'intégrer. Pas de quoi créer de vrais liens… Même si nous avons fini par bien nous entendre, je n'irais pas jusqu'à dire que c'était mon amie. Plutôt une connaissance…

Mais avec Paméla, c'est différent. J'ai l'impression que nous pourrions vraiment le devenir. Sauf que je suis trop nulle. Je n'avais pas réalisé que je devais faire des efforts. Je m'apprête à lui dire que je suis désolée quand elle dépose son plat de salade sur l'herbe et me fixe d'un air sévère. Ne comprenant pas trop pourquoi elle agit ainsi, je garde le silence, m'attendant à ce qu'elle m'annonce que je suis trop nulle pour être son amie, en fin de compte.

Elle me regarde longtemps. Sans bouger. En tout cas, moi, ça me paraît durer une éternité, avant qu'elle n'expire en faisant gonfler ses joues, puis lâche :

— OK, va vraiment falloir commencer du début, avec toi. Répète après moi…

— Que je… ?

— « Je suis désolée, Pam… »

Immédiatement, je souris, puis demande :

— Tu veux que je m'excuse ? Tu me « largues » pas ?

— Pourquoi je ferais ça ?

— Parce que tu viens de le dire. Je suis nulle, comme amie.

— On a tous des lacunes. Moi, j'ai aucun talent pour chanter. Toi, c'est pour te faire des amies. Mais grâce à mon aide, tu vas devenir super bonne !

— Tu es sérieuse ?

— Tu me crois pas ? OK, écoute bien ça…

Et elle se met immédiatement à chanter, ce qui attire l'attention des autres jeunes qui sont assis à des tables de pique-nique non loin de nous.

— Chuuuuuut ! Ça va, j'ai compris ! dis-je en posant ma main sur sa bouche pour la faire taire.

Elle cesse ses vocalises et rigole. Je l'imite, sans m'en rendre compte. Lorsque je reprends mon souffle, je baisse la tête et fixe mon sandwich, que je tiens toujours dans une main. Enfin, je me résous à lui dire la vérité.

— T'as raison, tu sais.

— J'ai toujours raison. Mais à quel sujet, cette fois ?

— J'ai… j'ai jamais eu d'amie, avant toi. Ben… pas une vraie de vraie, je veux dire.

— Ah ouais ? Même là d'où tu viens ?

— SURTOUT là d'où je viens, je dirais.

— Et celle qui s'occupe de ton hérisson. C'est pas ton amie ?

— Pas vraiment. Ben… un peu, mais… OK, la vérité, c'est que le directeur lui a demandé de rester avec moi parce que j'arrivais pas à m'intégrer et que je me faisais intimider.

— Sérieux ? OK, j'avoue… L'amitié forcée, ça peut pas être une vraie amitié.

Je hoche la tête, d'accord avec Pam. Puis, je reprends :

— Mais… c'est pas tout. Si… si je suis venue vivre ici, chez Sam, c'est parce que…

Je n'ai pas le temps de terminer ma phrase. Des cris retentissent dans la cour d'école. Paméla se redresse sur les genoux, et je me tais aussitôt.

— OMG ! Je pense que…, lâche mon amie.

Elle saute sur ses pieds, me tend la main pour m'aider à me lever et souffle :

— Tu me raconteras ça tout à l'heure. Là, je pense qu'il y a une bagarre ! Viens !

Et là-dessus, elle se met à courir en direction du bruit. Une foule s'est déjà massée près de là, et c'est avec difficulté que nous nous frayons un chemin vers le centre. Personnellement, je préférerais de beaucoup ne pas m'en mêler et rester loin de tout ça, mais Pam ne semble pas vouloir me lâcher le bras. Forcée de la suivre, je rentre les épaules, pour ne pas accrocher qui que ce soit.

Collée contre Pam, je ne vois pas grand-chose et de toute manière, je m'en fiche. Enfin… jusqu'à ce qu'elle s'exclame :

— Oh non, ils vont se battre !

— Qui ça ? dis-je en me soulevant sur la pointe des pieds pour y voir quelque chose.

— Un gars de troisième que je connais pas. Et… merde, c'est Estéban !!! Encore !

J'ouvre de grands yeux pétrifiés. Sans même m'en rendre compte, je repousse ceux qui m'empêchent d'y voir quelque chose et me plante à côté de Pam. Devant nous se trouve bel et bien Estéban. Il fait face à un gars à peine plus grand que lui. Et ce dernier vient de prendre son élan… pour balancer son poing directement dans le visage d'Estéban.

Ça se met à crier autour de moi. Pam me saisit par les épaules et me secoue. Ce n'est qu'à ce moment que je comprends que la personne qui crie… c'est moi !

• • •

Paméla

Alors, t'es remise de tes émotions ?

Moi

Ouais, ça va.

Paméla

Paraît que c'est encore à propos de son père qu'Estéban s'est battu.

Moi

Encore ?

Paméla

C'est pas la première fois qu'il se dispute avec un gars à cause de ça.

Moi

Qu'est-ce que tu veux dire ?

Paméla

Bah, ce sont que des rumeurs...

Moi

Raconte toujours.

Paméla

Ben, paraît que le père d'Estéban trompe sa mère. Cette fois, ce serait avec celle du gars qui l'a frappé. Ses parents vont divorcer à cause de ça.

Moi

Comment tu sais tout ça, toi ?

Paméla

Ah ! Je sais tout, moi !

Moi

Hum... C'est bon à savoir.

Moi

T'es où, là ?

Paméla

J'attends Félix. Il embrasse sa blonde depuis genre 20 MINUTES. Je sais même pas s'il a repris son souffle depuis tout ce temps. 🤮

Moi

Beurk !

Paméla

Sérieux, il me décourage. Je veux juste m'en aller à la maison, moi !

Paméla

Et toi, t'as repris ton vélo ?

Moi

Pas encore. J'y suis presque.

Moi

D'ailleurs, je te laisse. Je viens de tourner dans la rue du garage.

Paméla

OK, on s'écrit plus tard.

Estéban

T'es où ?

Estéban

Tu devais m'attendre devant l'école.

Estéban

Où tu te caches, jolie Maélie… ?

Estéban

Si tu crois que tu vas réussir à te sauver aussi facilement de moi, tu te trompes.

#PREMIERBAISER

Je marche aussi vite que je le peux en direction du garage où j'ai laissé mon vélo. Je l'ai déposé derrière le mur de briques, là où je l'avais trouvé la première fois. Le garagiste n'est même pas au courant que j'ai utilisé sa cour comme parking. Et si je me dépêche, je ne devrais pas le croiser.

Ni vu ni connu.

J'accélère le pas, car je viens de tourner le coin de la rue, et le garage n'est plus qu'à trois ou quatre maisons d'ici. Je commence à connaître davantage les lieux. Il faut dire que venir au village en vélo me permet de me familiariser avec mon nouvel environnement.

La porte du garage est ouverte, et lorsque je passe devant, je me dépêche pour ne pas attirer le regard de Pierre. Mais je ne devrais pas trop m'en faire. Il doit encore être couché sous une voiture, à réparer je ne sais quoi. Pam m'a dit qu'il habitait seul, dans la maison jouxtant le garage, et qu'il était accro au travail.

Je suis sur le point d'emprunter le petit chemin menant à la cour arrière quand un bruit de moteur me fait tourner la tête. Oh non…

Un scooter apparaît au loin. Pas moyen de me cacher. Estéban m'a déjà vue et il se dirige directement vers moi avec son engin. Lorsqu'il s'arrête, je le rejoins et j'attends qu'il retire son casque pour lui dire que je ne compte pas retourner chez moi avec lui.

Mais il ne l'enlève pas. Il me fait plutôt signe de grimper derrière lui. Je secoue la tête, alors il se résout à couper le moteur, puis à se relever. Ses gestes sont saccadés lorsqu'il fouille dans la petite valise pour en sortir le casque que j'avais utilisé l'autre jour.

Visiblement, il n'est pas de très bonne humeur…

— Non, t'as pas compris, dis-je malgré son comportement. Je m'en vais en vélo.

Il reste là, sans bouger, alors je me mords les lèvres, mal à l'aise, avant de lâcher :

— Désolée… Merci quand même.

Cette fois, il soupire, puis enlève son casque de façon brusque pour me demander :

— OK, c'est quoi, le problème ? Je vais pas te manger, tu sais !

Mais je ne l'écoute pas. Tout ce que je fixe, c'est son œil, qui est en train de virer au mauve. Le gars qui l'a frappé ne l'a décidément pas manqué. J'aimerais bien connaître la raison de cette bagarre, mais je n'ose pas la demander. À la place, je lui souffle :

— Ça t'arrive souvent ?

— Quoi ?

Je ne prends pas la peine de répondre et ne fais que lui pointer son visage. Il fronce les sourcils, puis grimace. Visiblement, c'est douloureux.

— Tu devrais mettre de la glace.

— Ouais, je ferai ça chez moi.

— Tu devrais pas trop attendre, parce que ce sera pire, tu sais.

Comme il ne réplique rien, je dépose mon sac à dos par terre, l'ouvre, et me mets à fouiller dedans. J'en ressors le bloc réfrigérant que j'utilise pour garder mon repas au frais. Le bras relevé, je m'approche d'Estéban, qui me regarde d'un drôle d'air. Au moins, il se laisse faire lorsque je pose le tout sur son œil gauche. Il ferme même l'autre œil, en poussant un léger soupir et en s'appuyant sur son scooter.

Quand il est dans cette position, je suis plus grande que lui, et c'est plus facile de tenir le bloc froid. Mais comme je suis vraiment très près de lui, je me mets à frissonner dès qu'il commence à chuchoter :

— Pourquoi tu fais ça ?

— Je te l'ai dit, dis-je en m'éloignant un tout petit peu pour le regarder. Ce sera pire si tu…

Il attrape mon poignet qui tient le bloc pour me retenir, mais en gardant les yeux résolument fermés.

— Et en quoi ça te dérange ? T'es pas ma mère. Ni ma blonde, que je sache.

J'hésite, puis je finis par murmurer, sur le même ton que lui :

— Je croyais que tu voulais qu'on soit amis…

Cette fois, son œil se rouvre d'un coup sec. Estéban plante son regard dans le mien tout en répliquant :

— J'ai menti. Je veux pas être ton ami.

Je relâche le bloc, qui tombe par terre. Mais pas moyen de faire un pas vers l'arrière, car

Estéban me retient toujours. J'inspire un bon coup pour ne pas trembler avant de demander :

— Qu'est-ce que tu fais ?

— J'aimerais…, commence Estéban, le visage relevé vers moi. J'aimerais vraiment… t'embrasser. Je peux… ?

Il a baissé la voix. Celle-ci est presque inaudible. Il ne bouge pas. Il attend que j'accepte. Ou que je refuse. Je n'ai jamais été embrassée. Même avec mes parents adoptifs, les baisers ont toujours été rares. Presque forcés. Et je ne me souviens pas que ma mère ait jamais posé ses lèvres sur mes joues, mon front, mes cheveux. Je ne me souviens de rien…

Ce n'est qu'à ce moment que je comprends que j'aimerais tellement que quelqu'un m'embrasse. Qu'il le fasse parce qu'il en a envie, pas parce qu'il le doit. Et que moi aussi, je le veuille.

Comme en ce moment…

— Qu'est-ce qui se passe par ici ?! tonne une voix derrière moi.

Estéban me lâche, et je recule vivement, pour regarder qui vient de nous interpeller de la sorte. Ce n'est que Pierre, le garagiste, qui s'approche lentement, le chiffon qu'il utilise pour essuyer ses doigts graisseux dans les mains.

— C'est rien. On parlait, lâche Estéban comme si de rien n'était en se redressant.

Je retiens mes tremblements et je hoche la tête.

— T'es certaine, la petite ? me demande le garagiste avec un regard suspicieux. Il te dérangeait pas ? C'est qu'il peut être sans gêne, Estéban, quand il veut…

— Non, non, ça va. Il… il allait me donner un *lift*, c'est tout.

Estéban tourne la tête vers moi, mais n'ajoute rien. C'est plutôt Pierre qui reprend :

— Je me souviens pas de t'avoir déjà vue, toi. T'es la fille de qui ?

— J'habite chez Sam. Pour l'année, en tout cas.

— Sam ? Mais… c'est pas ton père. Sam a pas de fille, que je sache.

— C'est la fille de Lili, lâche Estéban en remettant son casque sur sa tête.

— La fille de… ? répète Pierre, comme si l'information mettait du temps à se rendre jusqu'à son cerveau. La fille de Lili ? Tu veux dire… Lilianne ? Ta mère, c'est Lilianne ?

Ça commence à devenir franchement ridicule. Alors, pour ne pas faire durer ce mauvais moment, j'attrape le casque qu'Estéban me tend, je l'enfile, puis je m'installe derrière lui sur son scooter. Il vient de le démarrer et, sans même répondre aux interrogations de Pierre, Estéban fait demi-tour.

Nous filons déjà dans la rue, en soulevant un nuage de poussière derrière nous. Je m'accroche solidement à sa taille, comme il m'a déjà montré à le faire. Mais cette fois, je me colle aussi la joue contre son dos.

Pour oublier que j'ai failli laisser Estéban m'embrasser, je songe à Pierre. Et au fait que je devrais peut-être l'ajouter sur la liste de tous ceux qui pourraient être mon père…

#PREMIERBAISER PRISEDEUX

Ce n'est pas chez Sam que nous nous garons. Me revoici devant l'énorme maison d'Estéban. Il m'aide à descendre en prenant ma main et, sans la lâcher, il me guide vers chez lui. En chemin, nous croisons un homme assez grand et plutôt taciturne qui nous jette à peine un regard.

À mes côtés, Estéban me souffle :

— Mon père…

— OK, mais… Il t'a même pas…

— Ne t'en fais pas avec lui. Il est toujours trop occupé.

Ça me rappelle mes parents… Très franchement, avec ce que j'ai appris sur lui aujourd'hui, le père d'Estéban ne m'est pas très sympathique. Je jette un œil derrière moi, mais l'homme a déjà disparu. De toute manière, nous voilà déjà arrivés là où Estéban voulait m'amener. Il s'agit de la pièce où étaient gardés les lièvres lors de son party. Toutefois, les lieux sont vides. Pas le moindre lièvre. Oh non ! Ne me dites pas que Pam avait raison ! Lui et ses parents les ont mangés !

— Hé, où sont les lièvres ?

— Ma mère les a ramenés dans l'étable. Elle disait que ça puait dans la maison.

— C'est la vérité ?

Estéban me jette un coup d'œil, puis demande :

— Quoi ? Tu pensais quand même pas qu'on les avait bouffés ?

— Ben… c'est Pam qui m'a dit que…

— Franchement ! Faudrait que t'arrêtes de croire toutes les rumeurs que t'entends, tu sais.

— C'est pas… Je…

— Exactement, c'est n'importe quoi. Bon, viens, j'ai un truc à te donner.

Il se penche alors et ramasse un sac rempli de graines, puis me le tend. Il ne semble pas avoir retrouvé sa bonne humeur habituelle, alors je me contente de prendre le sac, sans ajouter quoi que ce soit.

— C'est fait exprès pour les lapins, explique-t-il. Ma mère a acheté ça chez le vétérinaire. Je t'en ai mis dans ce sac pour ton lièvre.

— Merci. C'est gentil d'y avoir pensé, dis-je du bout des lèvres, en serrant le sac contre moi. Maintenant, tu… tu me ramènes ?

— Pas tout de suite… Je te fais visiter, avant. Bon, tu connais déjà l'arrière de notre îlot de cuisine, mais tu sais qu'il y a des choses bien plus intéressantes à voir !

Et enfin, son sourire revient. Intérieurement, je pousse un énorme soupir de soulagement. C'est la raison pour laquelle je le laisse me guider hors de la pièce. Estéban est de nouveau drôle, et je ne peux m'empêcher de rire de ses blagues. Mais chaque fois, je me mords les lèvres pour ne pas le lui montrer. Il n'est sûrement pas dupe de mon manège, car il continue de plus belle.

Au bout d'une trentaine de minutes, il termine sa visite par sa chambre, située à l'étage. Feignant l'épuisement, il se laisse tomber sur son matelas double en écartant les bras de chaque côté de lui. Je m'avance un peu dans la pièce, et dès que je passe près de son lit, Estéban se redresse brusquement et attrape mon bras pour me faire tomber à ses côtés. J'en laisse tomber mon sac de graines, qui se renverse par terre, et je lâche un petit cri de stupeur.

— Pas grave, on ramassera tout à l'heure, lance-t-il avec un geste de la main. Faut se reposer un peu, là. Une journée d'école, c'est épuisant !

— Mouais… surtout quand on se bat, hein…

Étendu à ma gauche, Estéban fixe le plafond sans dire un mot. C'est pourquoi j'insiste :

— Et si tu me disais pourquoi tu as fait ça… ?

— Fait quoi ? réplique-t-il, toujours sans me regarder.

— Allez, tu sais bien. Pourquoi tu t'es battu ?

— Je me suis pas battu ! Je me suis fait frapper. Nuance…

Je soupire, avant de reprendre :

— OK, mais alors, pourquoi ce gars t'a frappé ? J'ai entendu des trucs à ton sujet…

— Ceux qui s'amusent à parler de la vie des autres sont juste des idiots. Et ils ont rien à faire !

Je m'installe sur le côté, le bras replié sous la tête, afin de mieux détailler Estéban. Il m'imite et me fait face.

— T'as des trucs à cacher ? dis-je.

— Ça se peut. Et je suis pas le seul. T'en as sûrement, toi aussi… On a tous des squelettes dans le placard.

Je pouffe de rire et m'écrie :

— C'est quoi, cette expression ?

— Mon père dit tout le temps ça. Ça signifie qu'on a tous des secrets. C'est quoi, le tien ? Pourquoi t'es venue vivre par ici dans ce coin perdu ? Avec Sam…

Je n'ai pas trop envie de discuter de ça. Mais Estéban reste silencieux et sans m'en rendre compte, je finis par avouer :

— À mon ancienne école, il y avait ce gars…

— Ton chum ?

— Non, pas du tout ! J'ai jamais eu de… Peu importe. Ce gars, il me… il me harcelait constamment.

— Quel con !

— Ouais... À la fin de l'année, j'ai cru qu'il… qu'il voulait faire la paix.

Je garde le silence un instant, parce que je sais que ce qui va suivre sera trop douloureux. Des souvenirs me reviennent et, pour ne pas pleurer une fois de plus, je me recouche sur le dos, en posant le bras sur mes yeux. Puis, je continue.

— Il m'a invitée au party qu'il faisait chez lui. Au départ, je voulais pas… Je préférais rester chez moi, mais une fille m'a convaincue de… En tout cas, j'y suis quand même allée et c'est là qu'il… Ben, que j'ai compris qu'il avait jamais eu l'intention de faire la paix.

— Comment ça ? demande Estéban d'une voix sèche.

Je pousse un soupir avant de lui expliquer le pire…

— Dans les semaines précédentes, il avait… il avait enregistré des trucs sur moi.

— Des trucs ?

— Ouais. Chaque fois qu'il me harcelait, il me filmait. Il a même demandé à une fille de me suivre dans les toilettes pour avoir ça sur sa vidéo, pendant que je… Bref, tu vois le genre. Et là, alors qu'il y avait des tas de gens, au party, ben… il a montré sa vidéo à tout le monde.

— Meeeerde… Sérieux ? Et les autres, ils ont fait quoi ?

J'avale ma salive avec difficulté avant de répondre simplement :

— Ils ont ri.

Estéban reste silencieux un long moment. Je retire mon bras de mon visage pour le regarder et constate qu'il a les sourcils froncés et les lèvres pincées. Il doit me trouver stupide d'avoir cru que ce gars voulait faire la paix. D'avoir été si naïve.

Et il a raison. C'est exactement ça. J'ai été idiote. Mais je ne compte plus l'être de nouveau.

C'est pourquoi je me rassois sur le lit et glisse les jambes sur le côté pour me relever. C'est ce moment que choisit Estéban pour parler de nouveau.

— Hé, attends. T'en va pas si vite.

— Je pense que c'est mieux comme ça. Et… j'aurais pas dû te raconter cette histoire. Tu vas croire que je suis une imbécile finie d'avoir… enfin, d'avoir pensé que…

Il pose une main sur mon épaule, et je constate qu'il s'est assis, lui aussi. Il me tire doucement vers lui et, sans réfléchir, je me laisse faire. Lorsque je me retrouve à seulement quelques centimètres de son visage, il murmure une fois de plus :

— Et là, je peux ?

— Tu peux quoi ?

— T'embrasser…

— Je… je crois pas que c'est une bonne idée. Pour moi, ça veut dire pas mal plus que pour toi, tu vois…

Estéban ne me lâche pas des yeux. Je ne parviens pas à lire les émotions qui le traversent, mais sous une impulsion que je ne contrôle pas, je ferme les yeux et tends le visage…

Mais rien. Il ne m'embrasse pas. Je rouvre les yeux, pour constater qu'il s'est éloigné. Blessée, je saute sur mes pieds et fonce vers l'escalier menant au rez-de-chaussée. Je le descends à toute vitesse et sors de la maison en ayant l'impression d'étouffer.

Je dois m'en aller de là !

Alors, je me mets à courir. Je cours comme jamais. Ou plutôt, je cours comme je l'ai fait, ce soir-là, quand je me suis fait humilier devant tout le monde. Parce que c'est exactement comme ça que je me sens, aujourd'hui encore : humiliée…

• • •

Paméla

Hé, Sam te cherche. Il a appelé chez moi.

Paméla

T'es pas encore chez toi ?

Lundi 10 septembre 119

Paméla

Appelle-moi dès que t'arrives.
Je suis un peu inquiète.

#JESUISPAS COMMEMAMÈRE

Il ne m'a pas suivie. Une partie de moi en est déçue. Une toute petite partie. Pour le reste, je suis plutôt soulagée qu'Estéban n'ait pas tenté de me retenir quand je suis partie en courant. En plus, ça me permet de faire une croix sur lui une fois pour toutes. Parce que si je l'avais vraiment intéressé (ce qui est hautement improbable, il faut bien l'admettre), il serait venu me rejoindre pour s'expliquer.

À la place, il n'a pas bougé le petit doigt, et j'ai dû retourner chez Sam à pied. Bon, je l'avais déjà fait l'autre jour, en revenant de son party, mais comme j'étais accompagnée de Pam, le trajet m'avait paru moins long.

Cette fois-ci, il me semble interminable !

D'ailleurs, lorsque j'arrive enfin chez moi, le soleil a baissé depuis un moment déjà dans le ciel. Évidemment, Sam m'attend sur le balcon, les poings sur les hanches. Il ne semble pas content.

Encore une fois. Je ne fais que le décevoir, depuis mon arrivée ici, on dirait.

Pourtant, je ne le fais pas exprès ! C'était si simple, avant, quand j'habitais chez mes parents adoptifs. Personne à décevoir. Personne non plus qui se soucie de moi. Je ne sais pas ce qui est le mieux, au fond…

— Maélie… te v'là enfin. As-tu une idée de la peur que tu m'as encore faite ?! J'ai appelé à l'école, et ils m'ont dit que t'avais pas pris le bus. T'étais où ?

Je baisse les yeux, honteuse.

— Chez Estéban.

— C'est une blague ? Malgré ce que je t'ai dit à son sujet ? À quoi tu joues ? T'es… t'es comme ta mère ! T'en fais toujours qu'à ta tête !

Je relève aussitôt la tête, les poings serrés.

— C'est pas vrai ! Je suis pas comme elle ! Je suis comme…

Je hausse les épaules, cherchant mes mots. Je ne sais même pas comme qui je suis. Je n'ai pas de modèle. Personne à qui m'identifier. Sam semble se rendre compte de mon désarroi, car il s'excuse aussitôt.

— S'cuse, c'est pas ce que je voulais dire. Ta mère était… c'était une bonne personne. Elle… faudra qu'on parle d'elle, un jour ou l'autre, toi et moi. Ouais… faudra bien.

— Pour dire quoi ? Qu'elle est morte juste au moment où elle allait m'abandonner ? Pour recommencer sa vie avec un autre ? C'est ça que tu vas me dire ? Ben c'est trop tard, parce que je le sais déjà, ça !

C'est sorti sans que je puisse m'en empêcher. Sous le choc, je pose la main sur ma bouche, car j'en ai assez dit comme ça. Les yeux ronds, Sam me regarde. Il est figé. Comme si je venais de le gifler. Je ne veux pas le voir se décomposer devant moi, alors je grimpe les quelques marches du balcon en vitesse. Je me sens coupable de lui avoir lancé tout ça. Il ne le méritait pas. Mais je suis encore en colère contre moi pour avoir cru qu'Estéban pouvait…

Peu importe. Je passe à la hauteur de Sam, qui m'arrête en attrapant mon bras.

— C'est pas si simple. Ta mère t'aimait. N'en doute jamais. Ça, tu peux en être certaine.

Puis, il me lâche et descend du balcon pour se diriger vers son établi, me laissant seule avec mes démons. J'entre dans la maison, la rage au cœur. Ma mère m'aimait, vraiment ? Alors, pourquoi a-t-elle tenté de tout quitter ? De tout laisser derrière elle ?

Une fois dans ma chambre, je claque la porte avec force. Je me fiche de briser les gonds. Je tourne en rond, sans savoir quoi faire. Je ne m'arrête que lorsque mon regard rencontre la photo scolaire que m'a donnée la mère de Pam, que j'ai épinglée au-dessus de mon lit.

Parfois, je me dis que ma mère pourrait très bien être en vie quelque part. Qu'elle a réussi à sortir vivante de l'effondrement du pont et que tout le monde le sait, mais que personne n'ose me le dire. Ce serait horrible. Mais ce serait un sentiment d'impuissance que je connais bien…

J'inspire pour me calmer, tout en me disant que j'ai besoin de faire quelque chose. Je ne peux pas rester en place. Je dois me changer les idées. Et je sais comment…

En faisant une autre vidéo !

Mais cette fois, j'en ferai une totalement différente. Ce ne sera pas un DIY. Non… j'en ferai une sur moi. Ouais… Et je sais comment. Je me laisse tomber sur mon lit qui grince, j'empoigne mon cellulaire, puis j'enregistre un mini-segment de dix secondes où je demande à tous mes abonnés de m'envoyer leurs questions.

Peu importe lesquelles, j'y répondrai si je le peux. Je commence à avoir assez d'abonnés pour que les messages rentrent rapidement. En peu de temps, j'ai déjà une vingtaine de questions. J'en choisis cinq avant d'installer mon éclairage habituel lorsque je fais une vidéo. Grâce à la caméra que mes parents m'ont envoyée, l'enregistrement est plus facile.

Puis, juste au moment où je m'apprête à démarrer l'enregistrement, un nouveau commentaire m'arrive. Il provient de mon ancienne vie.

É

Émile

T'es de retour sur YouTube ?! 😂 Je savais que je finirais par te retrouver...

RÉPONDRE

Je fixe le message un instant, en sentant mon cœur se mettre à battre de manière démesurée. Je ne bouge pas. Je viens de perdre l'envie de faire cette vidéo. Mais j'ai dit que je la ferais, alors je n'ai pas le choix. Je dois m'exécuter.

C'est pourquoi, la mort dans l'âme, j'appuie sur le bouton d'enregistrement. Je me plaque un masque de joie sur le visage. Et cela, même si mon harceleur vient de me retrouver et que je n'ai qu'une envie : me rouler en boule sur mon lit pour me cacher…

ACCUEIL | À PROPOS DE MOI | MES DIY | FAQ | CONTACTEZ-MOI

Suivez-moi !

RSS

YouTube

122 abonnés

FAQ SUR MAÉLIE

Bon, salut, tout le monde ! Super contente de voir que vous avez été plusieurs à réagir à ma demande et à m'envoyer des questions. Étant donné que vous êtes de plus en plus nombreux à me suivre, je crois qu'il était temps que je fasse une foire aux questions, plus connue sous le nom de FAQ !

En fait, il y a une raison bien particulière pour laquelle j'ai eu envie de faire cette FAQ. C'est que... je dois vous avouer quelque chose. Premièrement, ce n'est pas la première chaîne YouTube que je démarre. Mais j'ai dû fermer l'autre parce que j'ai subi beaucoup d'intimidation, à mon ancienne école.

Je sais que je ne suis pas la seule à en vivre, et c'est pour éviter que ça vous arrive que j'en parle aujourd'hui. Je crois que l'important, c'est de jamais baisser les bras. Et de pas avoir honte.

ACCUEIL | À PROPOS DE MOI | MES DIY | FAQ | CONTACTEZ-MOI

Suivez-moi !

RSS

YouTube

122 abonnés

Je vous dis ça comme si c'était facile, mais en fait, je suis pas mieux que les autres. Je me suis sauvée à l'autre bout du monde pour éviter de regarder mes problèmes en face. Mais c'est terminé, ce temps-là ! Absolument !

Bon, je dis pas que dès demain matin je vais changer de personnalité et tout, mais... je vais apprendre à m'accepter, en tout cas. Ça, c'est promis ! Et pour commencer, pourquoi ne pas me dévoiler à vous en répondant à vos questions !

J'en ai choisi cinq parmi toutes celles proposées. J'y réponds à l'instant !

***Go, go, go* pour la vidéo !**

Suivez-moi !

RSS

YouTube

123 abonnés

La question numéro un nous vient d'Arachides salées. Il veut savoir quels animaux j'ai déjà eus dans ma vie !

Alors là, c'est facile, j'en ai eu seulement deux. D'abord, il y a eu Henry, que vous ne connaissez pas, mais qui est un adooooooorable petit hérisson. Mais comme je ne pouvais pas l'amener avec moi dans mon nouveau chez-moi, j'ai dû le laisser à une amie pour qu'elle en prenne soin.

Ensuite, il y a... roulement de tambour !!! Pinterest ! Mon magnifique bébé lièvre que j'ai accueilli il y a seulement dix jours, mais que j'aime déjà, évidemment ! J'aurais aimé avoir d'autres animaux, mais comme je vivais en appartement, avant, et que nous n'avions pas de jardin, c'était un peu compliqué d'avoir un chien.

Bref, passons à la deuxième question !

Question numéro deux, de Bikini et plage. Il veut savoir si... Oh, en passant, je dis « il », mais en fait, comme je n'ai aucune idée de votre identité, j'utilise le masculin. J'espère que ça ne vous choque pas...

Suivez-moi !

RSS

YouTube

124 abonnés

Donc, Bikini me demande si ça fait longtemps que je fais des DIY et où je prends mes idées.

Oui, ça fait un certain temps déjà. J'ai toujours fait des milliers de bricolages. Comme je suis une fille plutôt solitaire, quand j'étais enfant, je préférais bricoler plutôt que de voir des amis. C'est comme ça.

Et je prends mes idées partout, évidemment, mais surtout sur Pinterest ! Et parfois, j'ai seulement à faire un peu de shopping, et les idées viennent toutes seules !

OK, allons-y pour la question trois !!!

Question de la part de Magalie ! Elle veut savoir quel âge j'ai.

J'ai eu treize ans la semaine dernière. Et je suis en deuxième secondaire !

Ouf, c'était rapide, pour celle-là. Question quatre, maintenant !

Cette fois, c'est Petite fleur qui me demande si je préfère la ville ou la campagne...

Suivez-moi !

RSS

YouTube

124 abonnés

Hum… pas facile de répondre. Bon, en vérité, si on m'avait posé cette question AVANT que je vienne vivre ici, j'aurais dit cent fois la ville ! Parce qu'il y a des tonnes de boutiques où je peux acheter des trucs pour mes DIY. On trouve de l'inspiration partout, et ça bouge beaucoup plus.

Mais en même temps…

Comme je le disais tout à l'heure, je suis assez solitaire. Alors, j'aime bien le rythme, par ici. C'est plus tranquille. Même s'il se passe des tas de trucs quand même, hein ! Faut pas croire que c'est ennuyeux à mourir, dans le coin ! Non, c'est juste que… je sais pas, on a le temps de réfléchir, je trouve. Ce que je faisais pas vraiment, en ville.

Donc, je pense pas être capable de te répondre tout de suite. Mais à la fin de mon année scolaire, j'imagine que je le pourrai. Voilà ! Il reste une dernière question !

Cinquième et dernière question ! Celle-là, elle est plus… gênante, disons. Elle provient de Fée Annie, qui me demande si j'ai déjà eu un chum.

ACCUEIL | À PROPOS DE MOI | MES DIY | FAQ | CONTACTEZ-MOI

Suivez-moi !

RSS

YouTube

125 abonnés

Comme j'ai promis de dire toute la vérité, je suis bien obligée de vous avouer que... non, j'en ai jamais eu. J'ai jamais fréquenté un gars non plus.

Alors voilà ! Vous en savez un peu plus sur moi ! Si vous avez d'autres questions, n'hésitez pas à les mettre dans les commentaires. Je pourrai m'en servir si je fais une autre FAQ dans les prochains mois.

Je vous invite aussi à mettre un « j'aime » en bas de ma vidéo si vous l'avez aimée. Et abonnez-vous à ma chaîne YouTube !

Merci, tout le monde, pour vos questions, à plus !

137 vues 75 6 PARTAGER

Les DIY de Maélie

Publié le 14 septembre

Je réponds à vos questions !

7 COMMENTAIRES

Paméla

Hé, tu aurais dû m'attendre, je l'aurais faite avec toi, cette vidéo !

RÉPONDRE

Fée Annie

Moi non plus, j'ai jamais eu de chum...

RÉPONDRE

Dylane

Super cool, ta FAQ ! T'es vraiment à l'aise devant une caméra.

RÉPONDRE

Les DIY de Maélie

Merci. C'est moins gênant que devant une foule !

RÉPONDRE

Dylane

Ouais, t'as bien raison !

RÉPONDRE

ACCUEIL | À PROPOS DE MOI | MES DIY | FAQ | CONTACTEZ-MOI

J'adore les DIY

Je préfère quand tu fais des DIY.

RÉPONDRE

Les DIY de Maélie

J'en ai d'autres qui arrivent, ne t'en fais pas !

RÉPONDRE

J'adore les DIY

Ah, OK, super !

RÉPONDRE

Pantoufle

Moi, je suis à fond pour la ville ! Ça sent les vaches, à la campagne !

RÉPONDRE

Petit colibri

C'est toi qui pues.

RÉPONDRE

ACCUEIL | À PROPOS DE MOI | MES DIY | FAQ | CONTACTEZ-MOI

P

Pantoufle

Hé ! J'ai le droit à mon opinion !

RÉPONDRE

Petit colibri

C'est pas une raison pour insulter les gens.

RÉPONDRE

P

Pantoufle

J'insulte personne, je dis juste que ça sent les vaches.

RÉPONDRE

Petit colibri

Et t'en rajoutes, en plus !

RÉPONDRE

Les DIY de Maélie

Pas de dispute, svp, j'aime autant la ville que la campagne.

RÉPONDRE

ACCUEIL | À PROPOS DE MOI | MES DIY | FAQ | CONTACTEZ-MOI

S

Sirène

OMG ! On veut une photo de ton hérisson !!!

RÉPONDRE

Les DIY de Maélie

Dans ma prochaine vidéo, promis !

RÉPONDRE

S

Sirène

Coooooool !!!

RÉPONDRE

É

Émile

T'es toujours aussi nulle et sans intérêt. Mais notre bande va bien rire, quand je vais lui parler de ta nouvelle chaîne. T'as pas fini d'entendre parler de moi…

RÉPONDRE

Les DIY de Maélie

Laisse-moi tranquille. Je t'ai rien fait. Décroche un peu !

RÉPONDRE

Émile

Aucune chance.

RÉPONDRE

Dylane

Lâche-la ! Et c'est la dernière fois que je te le dis !!!

RÉPONDRE

Émile

Ouhhhhhhhh.... Tu me fais trop peur, toi !

RÉPONDRE

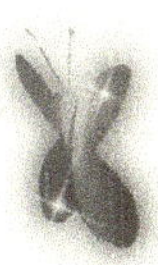

Maman

Salut, ma belle. Tout va toujours bien, chez Sam ?

Moi

Ouais.

Maman

Ton amie Dylane, elle est venue faire un tour à la maison, hier.

Moi

Sérieux ? Qu'est-ce qu'elle voulait ?

Maman

Elle nous a parlé de ces messages que tu reçois…

Lundi 10 septembre

125

Moi

Ah, maman… J'ai pas envie de parler de ça.

Moi

T'en fais pas, c'est pas grand-chose.

Maman

Ton père et moi, on n'est pas d'accord. Tu aurais dû tout nous dire.

Moi

J'avais pas envie d'y penser.

Maman

C'est pour cette raison que tu étais d'accord pour aller chez Sam ?

Moi

Un peu, oui.

Maman

Je sais qu'on n'est pas toujours disponibles, mais si tu as le moindre souci, je veux que tu saches qu'on est là pour toi.

Maman

D'accord ?

Moi

Je sais. Merci, maman.

Maman

Je t'aime, ma belle.

Lundi 10 septembre

Moi

Moi aussi. Je t'appelle plus tard.
Je suis en train de faire mes devoirs.

Maman

C'est une excuse que
tu nous sors souvent, ça...

Moi

Maman

C'est bon. À plus tard.

#TOUTDÉBALLER

Samedi 15 septembre

Et c'est reparti…

J'ai mis ma vidéo en ligne seulement hier soir et pourtant, ce matin, il y a des tonnes et des tonnes de messages qui s'accumulent sous celle-ci. Je me doutais bien que revenir sur YouTube était une idée complètement stupide. Pas pour rien que j'ai attendu quatre jours avant de m'y décider. Pourtant, en évitant d'être sur Facebook ou Instagram, j'espérais que…

J'ai encore une fois été beaucoup trop naïve. La preuve : tous les commentaires provenant de ma vie d'avant. Mon seul soulagement vient du fait qu'ils ne sont pas aussi nombreux que je le craignais. Il n'y a qu'Émile qui continue de m'insulter. Comme si les autres avaient fini par en avoir marre de me harceler.

Je ferme vivement l'écran de mon ordinateur avant de prendre une décision irréfléchie. Parce que mon premier réflexe serait évidemment de quitter définitivement YouTube. Mais je ne veux pas. Je ne veux pas abandonner une fois de plus. Et surtout, lui donner raison.

Mon cellulaire vibre à ce moment, et je le prends en soupirant. C'est Paméla. En panique.

Paméla

Tu veux bien m'expliquer ce qui se passe ? C'est qui, cet Émile ?!?

Moi

Longue histoire…

Paméla

J'ai tout mon temps ! Allez, raconte !

Moi

C'est compliqué. Je préfère te raconter ça en personne. Tu veux passer chez moi ?

Paméla

Je peux pas. J'ai pas de *lift*, mon frère est parti chez sa blonde.

Moi

On peut se rejoindre à vélo à mi-chemin. Ah non... c'est vrai. J'ai pas le mien...

Paméla

Comment ça ? Il est où ?

Moi

Je l'ai laissé au garage de Pierre, parce qu'Estéban m'a ramenée sur son scooter.

Paméla

HEIN ?!? C'est quoi, cette histoire ??? Dis donc, il y en a encore beaucoup comme ça, des trucs que tu me dis pas, toi ???

Samedi 15 septembre

157

Moi

Non, attends. C'est pas ce que tu crois. Enfin... pas vraiment.

Moi

Écoute, je te dis tout tout à l'heure. Je vais demander à Sam de venir me conduire chez toi. OK ?

Paméla

C'est bon, je t'attends. Mais prépare-toi, parce que je vais avoir des tonnes de questions !

Moi

T'en fais pas, j'y répondrai. À tout de suite.

Paméla

Je range mon téléphone dans ma poche arrière, puis je me rends jusqu'à la cuisine. Sam y est, en train de se servir à boire, et il ne me jette même pas un regard. Il doit encore être en colère contre moi pour mon arrivée tardive. Je me racle la gorge afin d'attirer son attention, et il finit par relever les yeux.

— Tu… tu m'en veux encore ?

— Je t'en veux pas, Maélie. Je suis… je suis inquiet, c'est tout. J'ai pas l'habitude d'avoir une ado sous mon toit et… c'est pas mal plus de responsabilités que je croyais.

— Tu veux que je m'en aille, alors ? dis-je en sentant monter la panique en moi.

Je ne veux pas retourner chez moi. Pas maintenant. Et peut-être même pas à la fin de l'année. Je n'en sais rien. Mais heureusement, Sam se dépêche de me rassurer.

— Non, pas du tout, voyons ! C'est pas ça. Faut juste que je m'adapte. En plus, tu ressembles tellement à ta mère, que… C'est pas évident, c'est tout. Mais j'aime bien t'avoir à la maison. Sincèrement…

Je garde le silence un moment en réfléchissant à ses paroles. Puis, je me décide à demander :

— Elle était comment, ma mère ?

Cette fois, il dépose son verre sur la table, me fixe un instant, puis se lance :

— Ta mère était… elle était différente des gens d'ici. Elle sortait de l'ordinaire.

— Pourquoi ?

— Parce que… elle avait pas peur de ce qu'elle était. Elle s'en fichait de choquer ou de déranger. Elle disait ce qu'elle pensait, et c'est tout. Et elle faisait ce qui lui plaisait.

— Mais Aimé… mon grand-père, il disait rien ?

— Oh oui, il disait quelque chose. Il tentait de la punir en lui interdisant de sortir, de faire ce qu'elle voulait. Mais elle trouvait toujours le moyen de le faire quand même, lorsqu'il était endormi, en passant par une fenêtre de sa maison. Elle était… elle était libre. Voilà, c'est ce qui la décrirait le mieux, je dirais.

— Et quand elle m'a eue ?

Sam soupire, reprend son verre et le rapproche de sa bouche pour boire une gorgée. Puis, il interrompt son geste à la dernière seconde pour murmurer :

— Elle était pas faite pour être mère. Mais ça veut pas dire qu'elle t'aimait pas ! C'est juste que… elle avait qu'une pensée en tête, ta mère, et c'était de quitter ce village.

— Elle y est parvenue, on dirait.

— Ouais, elle a réussi, en effet…

Enfin, il prend sa gorgée. Je le regarde avaler, sans trop savoir quoi ajouter. Il n'y a rien à dire de plus que je ne sache déjà. Il serait temps de passer à autre chose. C'est pourquoi je reprends :

— Je veux pas m'en aller, moi. J'aime être ici. Je suis bien… chez toi.

Sam me fait un petit sourire gêné en hochant la tête.

— J'aurais un service à te demander, d'ailleurs.

— Bien sûr. Qu'est-ce que je peux faire pour toi ?

— J'aurais besoin d'un *lift*.

— Pas pour aller chez Estéban, j'espère ! lance-t-il, les sourcils froncés.

— Non, pas du tout. J'ai oublié mon vélo au village, et mon amie Paméla m'attend chez elle. Crois-tu que… ?

D'un hochement de tête, il me fait signe de le suivre. C'est facile, avec Sam, je trouve. On ne parle pas toujours beaucoup, mais on se comprend à demi-mot. Il devait être un très bon ami pour ma mère. Je me demande d'ailleurs comment ils se sont connus.

Je pourrais lui poser la question maintenant, mais j'imagine qu'il a dépassé son quota de mots pour la journée. C'est que, tout comme moi, il est loin d'être causant, Sam. Nous en parlerons une autre fois. De toute manière, je dois me préparer mentalement à ma discussion avec Pam.

J'ai un tas de choses à lui dire concernant mon passé. Mais aussi à propos d'Estéban…

• • •

Moi

J'arrive dans deux minutes.

Paméla

Sam a dit oui pour le *lift*?

Samedi 15 septembre 158

Moi

C'était sûr qu'il allait vouloir.

Moi

Il est gentil, Sam.

Paméla

Génial, je t'attends !

#RÉGLERLEUR COMPTEAUXCRÉTINS

— Je vais leur dire ma façon de penser, moi, à ces idiots ! Et cet Émile… c'est lui qui t'a filmée pour t'humilier ? Quel crétin ! Laisse-moi lui régler son compte, et pas plus tard que tout de suite ! rage Pam, en cherchant la page de ce dernier sur Facebook.

Assise sur son lit, je saute sur elle pour lui arracher son cellulaire des mains, en panique.

— Fais pas ça ! Je m'en fiche, de lui. Je suis loin, et à part m'écrire des stupidités, il peut plus rien me faire.

— Mais t'as vu ? Ses petits imbéciles d'amis font pareil et t'insultent ! On va pas laisser passer ça !

— Oui, c'est ce qu'on va faire. Et ils vont se fatiguer.

— Pas sûre, marmonne Paméla alors que je lui remets son téléphone.

Elle accepte tout de même de le ranger dans sa poche, le visage fermé. Puis, elle secoue la tête et change de sujet.

— OK, et pour Estéban ? Tu m'as rien dit encore. Qu'est-ce qui se passe, entre vous deux ?

— Y se passe rien, justement. Il a juste… il voulait m'embrasser, et je lui ai dit que c'était pas une bonne idée. Point final. Je pense pas qu'il va réessayer. T'avais raison, je l'intéresse juste parce que je suis nouvelle dans le coin.

— Hum… mouais, peut-être. Ou pas.

— Pourquoi tu dis ça ?

— Ben… d'habitude, il passe vite à autre chose. Là, il est après toi depuis presque un mois. C'est son record, je crois.

Je hausse les épaules, ne sachant que répondre.

— Peu importe. Je veux pas sortir avec lui. Oh, fallait que je te dise ! J'ai revu Pierre, le garagiste. Il m'a dit qu'il connaissait ma mère et…

— … et tu t'es dit que ça pourrait être lui, ton père.

— Exactement ! Mais… comment t'as su ?

— Facile, dès que tu croises un homme de cet âge, tu te fais des scénarios. Mais concernant Pierre, c'est impossible.

— Comment ça ? Il aurait très bien pu sortir avec ma mère sans que quiconque le sache.

— Non. Ça colle pas, réfute Pam avec fermeté.

— OK, mais pourquoi t'es si sûre de toi ? T'étais pas encore née, tu peux pas savoir !

— Non, mais je sais encore calculer. Faire un bébé, ça prend neuf mois, que je sache ! Et toi, tu es née en septembre, puisque c'était ton anniversaire la semaine dernière.

— Euh… ouais.

— D'ailleurs, je tiens à dire que je suis toujours vexée de ne pas avoir été mise au courant et que je compte bien me rattraper en t'organisant la plus belle fête d'anniversaire au mooooonde !

— Pam… non…

— Je veux rien entendre. Pour en revenir à mes calculs, normalement, ta mère et ton père auraient… enfin, ils t'auraient conçue en décembre. Sauf que le garage de Pierre, qui appartenait à son père avant, est fermé, en décembre.

Il a de la famille au Saguenay et il va toujours là-bas pour la voir. Même quand il était jeune, il y allait avec ses parents.

— Comment tu sais ça ?

— C'est papa qui me l'a dit, pendant les vacances de Noël, l'an dernier. Il avait un problème de moteur et il s'est plaint que le garage de Pierre soit fermé, comme toujours. Bref, si je récapitule, Pierre ne pouvait pas être là au moment où ta mère est tombée enceinte ! Je suis pas mal, comme détective, non ?

— Hum… j'aimerais te dire que ton raisonnement est sans faille, mais c'est pas le cas.

— Hein, mais pourquoi ?

— Parce que j'étais un bébé prématuré. Je suis née un mois à l'avance. Donc, ma mère m'a faite… en janvier. Et Pierre devait être revenu, non ?

— Ah, zut, t'as raison… Dans ce cas, il pourrait être ton père, c'est vrai. Mais en même temps… il a toujours les mains pleines de graisse… Tu crois que ça aurait plu à ta mère ?

J'éclate de rire devant le raisonnement de mon amie. Puis, je réplique :

— Franchement ! Il est pas né avec les mains sales. J'imagine qu'il les lavait, quand il sortait avec… avec elle. Mais t'as quand même raison sur un truc : on sait pas du tout s'il était le genre de ma mère.

— Je sais ce qu'on va faire, alors !

Je fronce les sourcils, m'attendant au pire, avec elle…

— On va aller lui poser la question ! Et tout de suite !

Là-dessus, elle se redresse et file vers le salon. Je m'empresse de la suivre pour lui expliquer que je n'ai aucun moyen de transport pour me rendre jusqu'au garage. Mais elle ne m'écoute pas et sort récupérer son propre vélo, appuyé contre le mur de sa maison.

Elle s'y assoit, puis me lance :

— Allez, installe-toi derrière moi, je te donne un *lift* !

— Non, je crois pas que…

— Mais si, je l'ai fait des tonnes de fois, avec Stella, quand on était petites ! Embraye, on va pas y passer toute la journée !

Je finis par obéir et par prendre place derrière elle, sur le petit siège. Pour sa part, Pam reste debout et se met à pédaler sans même s'asseoir. Je me tiens solidement à sa taille, ce qui me rappelle la dernière fois que j'ai été dans cette position. Mais sur un scooter…

J'inspire un grand coup. Ce n'est pas le moment de songer à Estéban. Et de toute manière, je dois me faire à l'idée que ce gars n'est pas pour moi. Et que s'il ne m'a pas embrassée, c'est que lui aussi était de cet avis...

#JOUERLESDÉTECTIVES

Nous nous heurtons à une porte close. Pourtant, comme le marmonne Pam en faisant le tour de la propriété, Pierre ne rate jamais une journée de travail. Il ne doit donc pas être très loin.

Mais comme ni Pam ni moi ne souhaitons attendre là à ne rien faire, je me résous à récupérer mon vélo derrière le garage, et nous prenons la route du casse-croûte, pas trop loin. C'est presque l'heure du midi, et mon ventre commence à gronder.

Histoire de ne pas inquiéter Sam une fois de plus, je prends tout de même la peine de l'appeler pour l'avertir que je ne serai pas de retour pour le déjeuner. Puis, j'enfourche mon vélo et je rejoins Paméla, qui ne m'a pas attendue. Je la retrouve près du resto, à se demander ce qu'elle va bien pouvoir manger.

— Tu veux quoi, toi ? me demande-t-elle en se tournant vers moi.

— Euh… un club sandwich, je pense.

— Ah ouais… t'as assez faim pour le manger en entier ?

— Je sais pas. Tu… tu veux partager ? Ça me dérange pas.

— Bonne idée ! Je commande, et toi, tu vas nous trouver une place ! me lance-t-elle en me pointant les tables de pique-nique qui se remplissent.

Visiblement, les habitants du village ont l'habitude de venir manger ici. Quelques minutes plus tard, Pam s'assoit face à moi avec un plateau. Je pioche dans les frites sans attendre, alors que mon amie sort une feuille de papier de sa poche pour y griffonner le nom de plusieurs personnes.

— Tu fais quoi ?

— Je suis en train d'écrire le nom de tous les hommes qui pourraient potentiellement être ton père, marmonne-t-elle en se grattant le front, avant d'ajouter deux nouveaux noms.

— Sérieux ? Laisse-moi voir, dis-je en tirant la feuille vers moi.

Sur celle-ci, il y a déjà une dizaine de noms que je ne connais pas, sauf le dernier. Je fais claquer ma langue, en le pointant du doigt.

— Pourquoi t'as mis Sam ? C'est juste un ami de la famille. Si c'était mon père, il me l'aurait déjà dit, me semble !

— Faut négliger aucune piste. Regarde, j'ai même mis l'oncle d'Estéban.

— Le propriétaire du dépanneur ?

— Ouais. OK, il est pas super séduisant, mais il l'était peut-être plus quand il était jeune, souligne Paméla. Bon, il en manque sûrement d'autres, mais on les ajoutera au fur et à mesure.

Je regarde la liste sans dire un mot. Pam n'a pas mis les noms de famille de chacun, ce qui fait que je n'ai aucune idée de qui il s'agit. De toute manière, je n'habite pas dans le village depuis assez longtemps pour connaître tout le monde. Je lui demande donc d'ajouter une info sur chacun, pour que je puisse me faire une meilleure idée.

Elle s'exécute sans attendre, puis me tend la feuille une fois de plus. Pendant qu'elle commence à manger à son tour, je fixe les noms, en réfléchissant.

Pierre - garagiste

Guy - père de Stella

Patrick - pompier volontaire

Benoît - coach de baseball

Sébastien - professeur de maths

Mathieu - proprio du casse-croûte

Dominic - maire

Richard - proprio du dépanneur (oncle d'Estéban)

Sam

— Et les autres hommes ?

Pam avale sa bouchée, s'essuie, puis réplique :

— Ben… je connais quand même pas tout le monde. Faudrait demander à ceux qui ont connu ta mère. On va commencer avec ces noms, puis on en ajoutera.

— OK, ça me va. T'es gentille de m'aider.

— Les amies, c'est fait pour ça. J'arrête pas de te le dire. Va falloir que tu finisses par le comprendre, un jour ou l'autre ! Allez, mange un peu, t'es toute maigre, toi ! Ça me donne des complexes !

— C'est pas comme si t'étais très grosse toi-même !

— Tu m'as pas vue en bikini ! Oh, ça me fait penser... Ils sont une bande à aller à la rivière, le week-end prochain. Il y a une super belle plage, tu vas voir.

— Ah ouais ? Mais il fait de plus en plus froid...

— Je sais. Ce sera sûrement une des dernières fois qu'on pourra se baigner. Alors, ça te tente, on y va ?

— Je sais pas, Pam...

— S'te plaîîîîîît !!! Je veux pas y aller toute seule !

J'hésite un instant, puis je finis par acquiescer devant l'insistance de mon amie. Après tout, je n'ai qu'à rester sur le bord si je ne veux pas me baigner. Mon amie lève son sandwich pour faire tchin tchin, mais suspend son geste en fixant un point derrière moi. Je tourne la tête pour voir de quoi il s'agit.

Oh ! C'est Pierre ! Ce dernier sort du restaurant avec un sac en papier dans les mains. Il était allé s'y chercher à manger, comme nous. Sans même nous consulter, Pam et moi lâchons nos sandwichs pour sauter sur nos pieds afin d'aller le rejoindre. Surpris de nous voir nous planter devant lui, le garagiste se fige avant de s'exclamer :

— Ah, euh… bonjour, mesdemoiselles. Qu'est-ce que je peux faire pour vous ?

— On a des questions à te poser, Pierre, répond Pam, avec son sans-gêne habituel.

— Bon, d'accord. Mais si ça vous dérange pas de marcher en même temps, j'apprécierais. C'est que je devrais déjà être au garage, moi…

Et sur ces paroles, il se remet à avancer, Pam à sa droite et moi à sa gauche. Mon amie me lance un regard insistant, et je comprends que c'est à mon tour de parler. Je m'exécute donc, en prenant mon courage à deux mains.

— Ben… on voudrait savoir comment ça se fait que vous connaissiez ma mère…

— Ta mère… ? Ah oui, t'es la fille de Lili.

— C'est ça. Et l'autre jour, vous sembliez bien la connaître.

— Mais bien sûr que je l'ai bien connue, Lili… Tout le monde la connaissait.

— Ah oui ? Et… est-ce que vous étiez « très proches » ? demande à son tour Pam, sans aucune subtilité.

— Quoi ? Mais non, voyons. Pas comme ça, franchement ! Oh, c'est pas que j'aurais pas voulu. La belle Lili… Sauf que je pense pas qu'elle se soit déjà rendu compte que j'existais. De toute manière, j'étais bien trop gêné pour aller lui parler. Et il y avait toujours un tas de gars qui lui tournaient autour. J'avais clairement aucune chance, moi… Mais pourquoi vous voulez savoir tout ça ?

Encore une fois, Pam me sauve la mise en débitant d'une traite :

— C'est pour un travail de français. On doit écrire un texte sur nos parents, et comme Maélie a pas vraiment connu sa mère, elle fait des petites recherches sur le sujet. Bon, merci quand même, Pierre ! Et bon déjeuner !

— De rien, les filles !

Il continue à marcher vers son garage alors que nous rebroussons chemin. De retour à notre table de pique-nique, Pam reprend sa feuille et raye d'un trait net le nom de Pierre, avant de relever la tête.

— Faut pas se décourager. On va bien finir par le trouver, ton père.

Elle semble sûre d'elle, alors que, de mon côté, je commence à me dire qu'en fin de compte je ne suis pas certaine de vouloir en apprendre davantage sur ma mère. J'ai un peu peur de ce que je pourrais découvrir…

• • •

Paméla

Alors, t'as trouvé un maillot à te mettre ?

Moi

Ouais. J'en ai un.

Samedi 15 septembre

Paméla

Moi, c'est un bikini que je me suis acheté au début de l'été. Il est troooop beau !

Paméla

J'ai hâte de te le montrer !

Paméla

Oublie pas d'apporter à manger.

Moi

👍

Paméla

On se voit là-bas !

#BIKINIETEAUGLACÉE

Samedi 22 septembre

Je regarde mon reflet dans le minuscule miroir de la salle de bain en faisant la grimace. Ce maillot de bain est loin de me mettre en valeur. Pas que je veuille l'être ! C'est juste que…

OK, pour être tout à fait honnête, j'espérais tout de même que je serais un peu jolie en l'enfilant. À la place, j'ai l'impression qu'on ne voit que mes côtes ressortir. Pam a raison. Je suis trop maigre. Ce n'est pas voulu. Je mange pourtant bien ! Mais je n'ai aucune courbe. Comme si ma puberté n'avait toujours pas débuté.

Comparée à Pam, je ressemble à une enfant. En soupirant, je finis par mettre un t-shirt par-dessus mon maillot ainsi qu'un short, puis je sors de la pièce. Sam m'attend dans le salon, en jouant avec ses clés. Il a accepté une fois de plus d'aller me conduire.

J'aurais pu y aller en vélo, puisque j'ai enfin ramené le mien ici, mais Sam tenait à voir qui allait être présent à la plage. Il est vraiment en train de devenir surprotecteur, je trouve. Le pire, c'est que je ne déteste pas ça autant que je le croyais. Je dirais même que j'apprécie les efforts qu'il fait.

J'attrape mon sac à dos, dans lequel j'ai mis un repas et ma serviette, puis je fais signe à Sam que je suis prête. Il hoche la tête, et nous sortons sans dire un mot. Mais nous sommes de plus en plus habitués au silence. Alors, ce n'est pas gênant. C'est reposant, je dirais. Surtout que je m'apprête à rejoindre mon amie Paméla qui parle constamment, ce qui me donne parfois le tournis.

La rivière est située à une quinzaine de minutes en voiture, et lorsque Sam se gare en bordure du chemin, je sens le stress monter en moi. Je n'ai jamais aimé les partys. Encore moins depuis ce qui s'est passé en juin dernier. Mais là, j'ai l'impression que ce sera différent, alors je surmonte mon angoisse, remercie Sam pour son *lift* et m'apprête à sortir de la voiture.

Ce dernier me retient toutefois et me dit :

— Tu sais quoi, Maélie ? Je vais te faire confiance. Je ne vais pas aller voir qui est là-bas. Par contre, tu dois me promettre une chose.

— Bien sûr, tout ce que tu veux, dis-je, soulagée de savoir qu'il ne me suivra pas.

Je n'ai pas honte de lui, mais tout de même…

— Appelle-moi quand ça se terminera, ce soir. Je viendrai te chercher.

— Le frère de Pam doit venir nous rejoindre et il a proposé de me raccompagner, moi aussi…

— Bon, d'accord. Mais tu m'appelles si les plans changent.

— Pas de problème.

Je pose la main sur la poignée, hésite, puis reviens à lui une dernière fois. Il semble inquiet, mais je vois qu'il se contrôle. Pour le remercier, je lâche la poignée et me penche vers lui, afin de le prendre dans mes bras. Puis, je murmure :

— Merci, Sam. D'être là et de… de t'inquiéter pour moi.

— Oh, c'est… c'est normal, tu sais. Tout le monde ferait comme moi.

Toujours collée contre lui, je ne peux m'empêcher de chuchoter :

— Non… je crois pas. T'es le premier qui… qui se soucie de moi de cette façon.

Je l'entends inspirer plus longuement et, pour ne pas rendre la situation trop malaisante, je me recule et sors de là en vitesse. Mais juste avant de refermer la porte, je le salue, un large sourire au visage. Cette fois, il ne semble plus si angoissé, ce qui me rassure.

Malgré la peur qui m'habite, je sens que cette journée sera géniale ! Comme pour me donner raison, dès que je pose les pieds sur la plage, j'aperçois Pam qui me fait de grands signes pour que je vienne la rejoindre.

— Salut ! Alors, qu'est-ce que tu penses de mon bikini ? Il est beau, hein ? me demande-t-elle en pointant les deux petits morceaux de tissu rose.

— T'es toujours super belle.

— Toi aussi ! Allez, enlève ton t-shirt, que je voie ton bikini.

— Euh… peut-être tout à l'heure. Et ce n'est pas un bikini, c'est juste un maillot une pièce.

— Sois pas si gênée !

— C'est pas ça. C'est juste que j'ai la peau sensible, alors j'essaie d'éviter les coups de soleil.

Pam hausse les sourcils, prouvant ainsi qu'elle ne me croit pas du tout. Pour changer de sujet, je sors ma serviette de mon sac et la pose au sol, afin de m'étendre dessus. Puis, j'observe les autres jeunes qui arrivent progressivement. Certains ont commencé à jouer au volley-ball, alors que d'autres sont déjà dans l'eau, à crier qu'elle est froide.

C'est exactement ce que je me disais. Et c'est la raison pour laquelle je ne compte pas aller me baigner de sitôt. Je continue donc mon observation des lieux. Mon regard tombe sur un groupe de jeunes, sur notre droite. Estéban en fait partie. Il rigole avec une fille. Celle-ci se tient vraiment très près de lui.

Je le savais. Paméla a passé son temps à me le répéter et pourtant, le choc n'en est pas moins dur. Il en fréquente déjà une autre. Il y a seulement une semaine, c'est moi qu'il essayait d'embrasser, et là… Je n'ai pas de raison d'être surprise. J'ai réussi à éviter de tomber sur lui cette semaine, à l'école, alors il a dû en avoir marre.

Je tourne la tête pour ne plus voir Estéban avec sa nouvelle conquête. Les poings serrés, je me dis qu'il est plus que temps que je cesse de m'en faire avec ça et que je m'amuse, moi aussi. C'est pourquoi, à mon plus grand étonnement, je suggère :

— On va se baigner ?

— T'es sérieuse ?! répond Pam, en soulevant ses lunettes de soleil.

Je hoche la tête vigoureusement pour ne pas me dégonfler. Mon amie saute sur ses pieds, lance ses lunettes sur sa serviette, puis saisit ma main afin de m'aider à me relever.

— OK, à *GO*, on y va !

Je remue les hanches pour retirer mon short, puis je prends une bonne inspiration, et c'est au tour de mon t-shirt d'être lancé au sol. Paméla, de son côté, a déjà commencé à compter.

— Trois, deux, un… *GO !* La dernière dans l'eau est une poule mouillée !

Et là-dessus, elle se met à courir à toute vitesse. Je la suis comme je le peux, en me plaignant :

— Hé ! C'est de la triche ! J'avais pas fini d'enlever mes vêtements !

Dès que je touche l'eau, mes orteils se recroquevillent et je lâche un cri. Elle est ultra froide ! Rien à voir avec l'eau de la piscine intérieure dans laquelle je me baignais parfois, à l'appartement où vivent mes parents adoptifs.

Sincèrement, je crois que je n'ai jamais mis les pieds dans une eau aussi froide.

Pam, pour sa part, est déjà à moitié immergée. Elle se tourne vers moi et, voyant mon hésitation, elle se dépêche de m'arroser, ce qui me fait crier encore plus fort. Je suis sur le point de reculer pour m'éloigner, quand deux mains se posent sur ma taille et me soulèvent dans les airs.

Cette fois, c'est un hurlement de terreur qui sort de ma bouche. Je me tortille comme je peux afin que la personne qui me tient de la sorte me lâche, quand cette dernière me murmure à l'oreille :

— Si tu continues à bouger comme ça, je vais te laisser tomber pour de bon…

Estéban ! Mais qu'est-ce qu'il me veut encore ?! Et il n'était pas occupé avec sa nouvelle flamme, lui ?

— Lâche-moi ! dis-je en tournant la tête vers lui.

Cela n'a pour effet que de rapprocher mon visage du sien. Ses yeux rieurs me fixent, alors qu'il réplique :

— Vraiment, tu veux que je te lâche… ?

Je baisse les yeux et constate qu'il s'est avancé dans l'eau et que si je ne suis pas encore toute mouillée, c'est parce qu'il me soulève juste assez haut dans les airs. Sans réfléchir, je fais une torsion des hanches et m'enroule autour d'Estéban, afin qu'il ne puisse plus me laisser tomber, car c'est moi qui me retiens à lui.

Son regard change et il baisse les yeux vers mes lèvres. Je commence à être un peu fatiguée de ce petit jeu. C'est pourquoi je marmonne :

— Arrête ça. Ramène-moi sur le bord.

Il ignore ma demande et déclare :

— Je pensais pas que tu irais te baigner aujourd'hui.

— Pourquoi ?

— Ben… c'est pas trop ton genre, il me semble.

Il commence à se baisser, et mes jambes sont bientôt complètement dans l'eau.

— Argh ! Tu me connais même pas.

— C'est vrai. Mais c'est pas faute d'essayer…, dit-il en continuant de descendre.

— Fais pas ça ! S'te plaît !

Estéban s'arrête, puis demande :

— Tu me donnes quoi, en échange… ?

— Pourquoi tu fais ça ?

Il reprend sa descente, ne voulant visiblement pas répondre à ma question. J'ai l'impression de geler sur place et c'est d'une voix aiguë que je m'écrie :

— OK, OK, tu veux quoi, alors ?

— Que tu me payes une glace.

— Une glace ?

Cette fois, j'en ai presque jusqu'à la poitrine et je m'agrippe comme je le peux à Estéban, qui semble sans pitié.

— C'est bon, je vais t'en payer une, une fichue glace !

— T'es sûre ? demande-t-il en cessant de bouger, à mon plus grand soulagement.

Je crois que je suis en train de perdre le bout de mes orteils…

— Oui, oui, c'est d'accord ! Mais s'il te plaît, sors-moi de là !

D'un geste brusque, Estéban ressort de l'eau en entier et revient vers le rivage. Le vent me fait claquer des dents et lorsqu'il me dépose enfin sur le sol, je me précipite vers ma serviette pour m'en couvrir le corps. En riant, Estéban me laisse partir, non sans me lancer qu'il a déjà hâte de choisir son parfum préféré…

Pas trop certaine d'être si vexée que ça, je me laisse tomber sur le sable, en attendant que Pam sorte de l'eau à son tour.

• • •

Paméla

Tu veux pas savoir ce que j'en pense.

Moi

Non, justement.

Paméla

Je vais quand même te le dire : C'EST UNE TRÈS MAUVAISE IDÉE !!!

Moi

Écoute, c'est juste une petite sortie de rien du tout.

Moi

Entre amis…

Paméla

Entre amis mon œil !

Moi

De toute façon, on en a parlé toute la semaine. Ça sert à rien de revenir là-dessus. J'ai dit oui, alors je vais le faire. Et on va juste aller manger une glace. Pas de quoi paniquer !

Paméla

Sam est au courant ?

Moi

T'es folle ?!? D'ailleurs, faudra bien qu'un jour tu m'expliques pourquoi il déteste autant la famille d'Estéban.

Paméla

Mouais. Mais j'en sais pas tellement plus que toi.

Paméla

En tout cas, tu portes quoi ?

Moi

Voyons ! Je me suis pas faite belle !

Paméla

Envoie-moi une photo.

Moi

Argh, arrête ! J'ai juste un vieux t-shirt et un jean. En plus du bonnet de chat, évidemment.

Paméla

Qu'Estéban trouve trop mignon...

Moi

Bon, ça suffit. Je te laisse. Je pars dans quelques minutes.

Paméla

Tu y vas en vélo ?

Moi

Non, Estéban doit passer me chercher au bout de la route.

Samedi 22 septembre

Moi

Pour pas que Sam le voie…

Paméla

Bonne soirée quand même.
Et écris-moi dès ton retour !

Moi

👍

#LADERNIÈRE GLACEDELÉTÉ

Il fait de plus en plus frais. L'été est pas mal terminé, ça se sent. Je ne peux pas croire que je vais manger ma dernière glace de l'été avec Estéban. On va se geler le bout du nez !

Je saute sur un pied, puis sur l'autre en l'attendant. Il devrait déjà être là. Pour savoir ce qu'il fabrique, j'attrape mon cellulaire et lui envoie un message.

Moi

Dis... tu m'as pas oubliée, hein ?

Pas de réponse. Je suis à deux doigts de tourner les talons, un peu trop déçue à mon goût, quand j'entends le bruit caractéristique du moteur d'un scooter. Celui d'Estéban, évidemment. Je tente de ne pas sourire autant, mais c'est peine perdue. Je suis vraiment contente de le voir. Et pas seulement parce que j'ai froid…

Il s'arrête à côté de moi, retire son casque et dévoile un air impatient.

— Je m'excuse si ça a été long. Mon père me lâchait plus.

— Ah…

— Il s'est décidé à la dernière minute à me faire faire des tas de tâches, et si j'ai pu venir te chercher, c'est parce que je me suis sauvé en douce.

— Oh…

— Sauf qu'il va falloir que j'y retourne dans pas longtemps.

— OK, alors… on laisse tomber la glace ? C'est pas grave. Il fait froid, de toute manière, puis…

— Aucune chance que je laisse tomber, voyons ! Viens, monte. On va bel et bien y aller et ensuite, je me dépêcherai de revenir chez moi. Ça te va ?

— Ben… t'es certain ?

— Sûr et certain ! conclut-il en remettant son casque sur sa tête.

Je fouille donc dans son sac arrière et saisis mon propre casque, que je pose sur ma tête sans plus attendre. Puis, je m'installe derrière Estéban afin de profiter de sa chaleur. C'est agréable. Un peu trop, d'ailleurs.

Je me décolle de quelques centimètres, mais il lâche le guidon de sa main gauche et me rapproche de lui. Puis, il repose sa main sur le guidon. OK, OK. Je vais rester collée.

Le trajet ne dure pas assez longtemps, et lorsque je descends du scooter, je le fais avec regret. Je déteste me sentir comme ça, mais… c'est de plus en plus clair qu'Estéban ne m'est pas indifférent. Je vais devoir me surveiller si je ne veux pas carrément tomber amoureuse de lui.

Parce que ça, ce serait vraiment une catastrophe ! Je sais quel genre de gars il est. Je ne dois pas me laisser embobiner, comme dirait Pam.

— Alors, qu'est-ce que ce sera pour vous, les jeunes ? demande l'homme derrière le comptoir.

— Je vais prendre… un cornet double chocolat aux pépites de chocolat trempé dans le chocolat ! décide Estéban.

— Hum, un fin connaisseur, réplique le propriétaire de l'endroit avant de se tourner vers moi. Et toi ?

— Euh…

— Faut se dépêcher, tu sais, parce qu'on ferme bientôt pour l'hiver ! s'écrie-t-il en rigolant.

Je lui pointe alors le mélange le plus coloré, et il s'exécute aussitôt.

— Aaaah… une bonne glace au chocolat ! s'exclame Estéban en recevant son cornet.

— Tu fais pas les choses à moitié, on dirait, lui dis-je en fixant la glace qui dégouline.

— Pas toujours…, marmonne-t-il en prenant une bouchée dans la boule chocolatée.

Dès que je reçois mon cornet, nous nous dirigeons vers les tables, mais elles sont toutes prises, alors nous retournons vers le scooter. Estéban s'y appuie, tandis que je reste debout.

— Approche. Reste pas là comme ça, m'indique-t-il.

Je hausse les épaules, tout en continuant de manger. Non, je ne vais pas m'installer près de lui. Les risques sont trop grands que les choses tournent mal. Pour moi, en tout cas.

— OK, comme tu veux. Alors, jolie Maélie, tu te plais dans ce village perdu ?

— Ben… oui, ça va.

— La ville doit te manquer, non ? J'imagine qu'il y avait des tas de trucs à faire, chez toi.

— Pas tant. Tu aimerais y aller ?

— Bien sûr ! Je veux étudier en ville, moi. Pas question que je reste ici toute ma vie.

— Et la ferme de ta famille ?

Le regard d'Estéban s'obscurcit.

— Je veux pas être fermier, moi. Pas du tout.

— Et eux, ça les dérange pas ?

— Je m'en fous, lance-t-il en engouffrant le reste de son cornet d'un coup, pour ne pas avoir à en dire davantage.

Je fais de même et, avec quelques regrets, je me rassois sur son scooter. Il est déjà temps de rentrer. Comme je le disais à Pam, ce n'était pas un rendez-vous amoureux. Rien qu'une glace partagée entre amis…

Sauf que, lorsque nous passons devant la maison de Sam, Estéban ne s'arrête pas. Il continue plutôt sans même ralentir. Je lui tapote alors l'épaule, mais il ne prend pas la peine de tourner la tête vers moi. Une quinzaine de minutes plus tard, je comprends enfin que c'est chez lui qu'il m'amène ainsi.

Une fois sur place, il arrête le moteur du scooter, retire son casque et secoue ses cheveux avant de se relever. Je l'imite et dépose le casque sur le banc, avant de lui demander :

— Qu'est-ce que je fais là, au juste ?

— Je voulais profiter de l'occasion pour te redonner le fameux sac de graines que… ben, que je voulais te laisser, l'autre jour.

— Ah ouais… l'autre jour, dis-je en sentant mes joues rougir.

— Justement, euh… concernant cette fois-là…, commence-t-il en se grattant la nuque.

— Oublie ça, c'était rien du tout. J'étais fatiguée, je pense, et…

— Non, c'était pas rien, me coupe-t-il. C'était même le contraire de rien, murmure-t-il en s'approchant de moi.

Je secoue la tête, ne sachant comment réagir, et il fait un autre pas. Cette fois, nous ne sommes plus qu'à quelques centimètres l'un de l'autre. Je sais ce qu'il va une fois de plus me demander. Pour la troisième fois. Et ce que moi, je vais lui répondre… une fois de plus. Parce que je suis trop faible.

— Maélie, est-ce que je peux… ?

Il n'a pas le temps de terminer sa phrase que son père sort en trombe de la maison et crie, d'une voix mauvaise.

— Je peux savoir ce que tu fous ?! Je te cherche depuis une demi-heure ! T'avais encore foutu le camp pour pas travailler, c'est ça ?

Estéban baisse les paupières un moment, soupire un long coup, puis rouvre les yeux. Son expression a changé. Il semble en colère. Vraiment en colère. Sa voix tremble légèrement lorsqu'il me murmure :

— Désolé pour ça…

Puis, il pivote vers son père qui s'est rapproché, et réplique :

— Je suis là, maintenant. Du calme !

— Change de ton quand tu me parles ! Allez, fous le camp à l'intérieur et va aider, un peu ! Et dis à ton amie de s'en aller. C'est pas une garderie, ici !

— Faut que j'aille la reconduire, avant.

— Elle a qu'à marcher !

— C'est loin, jusque chez Sam. Ce sera pas long, je serai revenu dans…

— Chez Sam ? Pourquoi elle irait chez…

Son père cesse alors de parler, puis s'avance encore davantage. Il me fixe de ses yeux noirs. Aussi noirs que les miens. Et là, il lâche ces mots… Ces mots qui me coupent le souffle :

— C'est toi ? T'es la fille de Lili, c'est ça ? Celle qu'elle a eue avant cet accident ?

Prenant mon courage à deux mains, je me résous à demander :

— Vous connaissiez bien ma mère ?

— Évidemment que je la connaissais bien ! Lili et moi, on était… Je veux dire… Oui, j'étais très proche de ta mère, à l'époque…

Ça remonte le long de mon œsophage. Je sens la bile se frayer un chemin jusqu'à ma gorge. Ça brûle et ça fait si mal que je ne peux faire autrement que de me plier en deux pour vomir toute ma glace sur le sol.

À quatre pattes par terre, je sens à peine la main d'Estéban, qui me touche le dos. Cette main qui est peut-être la main… de mon demi-frère…

À SUIVRE…

LEXIQUE

Blonde – Petite amie, amoureuse, copine.

Casse-croûte – Petit restaurant où l'on sert des plats rapides.

Cellulaire (ou cell) – Téléphone portable.

Chum – Petit ami, amoureux, copain.

Dépanneur – Petite épicerie de proximité.

Lift – Transport fourni à quelqu'un.

Party – Fête, soirée.

Secondaire – Au Québec, on fréquente l'école secondaire pendant 5 ans (de la première à la cinquième), de 12 à 17 ans.

Tu as aimé LES DIY DE MAÉLIE ?
Tu aimeras aussi LE JOURNAL DE DYLANE !

Découvre quelques pages du tome 1 "Granita à la framboise bleue".

AOÛT

« J'ai encore TREIZE ans.
Mon anniversaire est seulement
dans SEPT semaines.

Les cours commencent
dans moins d'UN mois !

Et en plus,
j'ai DEUX horribles boutons
qui sont apparus sur mon menton,
ce matin !!

BON SANG, il va me falloir
une granita à la framboise bleue
pour oublier tout ça !!! »

Mardi 5 août

~ 15 h 32 ~

Colin est un parfait crétin!!

Me battre au basketball ne fait pas de lui le gars le plus cool du monde, que je sache. Encore moins le plus brillant. Pourtant, on l'aurait cru, à voir sa réaction lorsqu'il a réussi son dernier panier. Je le revois encore sauter comme un chien fou autour de moi. NON, je ne suis pas mauvaise perdante! Sauf qu'il exagère toujours, Colin. Comme la fois où il a gagné un jeu Xbox en participant à un concours à la radio. Il s'énervait tellement que son père s'est fâché et l'a puni. J'ai été obligée de retourner chez moi et on n'a même pas pu l'essayer, ce fameux jeu! De toute façon, le disque était rayé et finalement il n'a jamais fonctionné sur sa vieille console, mais ça, c'est un détail.

Vraiment, Colin est troooop mauvais gagnant. Il faut toujours qu'il essaie d'en mettre plein la vue, qu'il se vante sans se soucier de celui qui vient de perdre. Moi, en l'occurrence…

Par exemple:

Quand il ramasse toutes mes maisons au Monopoly, il crie tellement fort que je dois lui dire de baisser le ton pour que mes frères ne se plaignent pas à mon père du bruit qu'on fait. Colin prétend qu'en réalité je n'accepte pas de perdre et ça passe encore sur mon dos ! Mais c'est tout à fait faux, comme je le disais tout à l'heure ! Cependant, si c'est LUI qui perd, alors là, on ne peut rien dire, car MONSIEUR se met en colère. Il lui est même arrivé de se choquer au point de faire un trou dans un mur en lançant son ballon… Pour camoufler sa gaffe, il a poussé son bureau devant le trou et ses parents l'ont félicité d'avoir fait un peu de ménage dans sa chambre. Pff… Ils n'y ont vu que du feu.

Bref, pas plus tard que ce midi, Colin m'a de nouveau fait enrager ! Si seulement j'avais pu marquer ce fichu dernier point ! Il aurait été moins fier… Peu importe. On s'est laissés sur sa victoire (écrasante, selon ses dires) et ma défaite (humiliante, selon les miens…). J'avais trop faim et, de toute manière, j'attendais l'appel de ma cousine. Mirabelle doit venir passer le week-end chez moi et je suis super contente de la voir ! Elle habite à plus de deux heures de route, alors on ne passe pas beaucoup de temps ensemble. On se parle un peu sur Skype (sauf que je hais ça, Skype, parce que c'est toujours dans ces moments-là que je constate que je ne suis pas télégénique).

C'est vrai, quoi ! J'essaie de me concentrer sur la conversation, mais je passe mon temps à fixer mon double menton ou les cernes autour de mes yeux ! En réalité, je n'ai JAMAIS eu de double menton, sauf quand je vais sur Skype ! C'est l'effet de la caméra, j'imagine. Il faudrait avoir un éclairage spécial, quand on va là-dessus. Ma cousine, elle, est hyper télégénique ! En face d'elle, j'ai l'air encore plus fou à l'écran. J'ai même pensé à me maquiller avant d'ouvrir Skype, mais Mirabelle ne me reconnaîtrait peut-être pas, étant donné que je ne me maquille jamais. Et puis je ne sais même pas comment faire…

J'aimerais demander conseil à ma mère, mais elle ne vit plus avec nous. Elle a déménagé à New York il y a deux ans, après avoir obtenu un emploi dans une grande firme d'avocats. C'est un poste vraiment génial, qui lui rapporte beaucoup d'argent (elle est riche, quoi !). Par contre, elle est si loin de mes frères et moi que j'aimerais mille fois mieux qu'elle soit pauvre ET près de nous… Mon père et elle ont une relation un peu bizarre. Je ne sais pas trop s'ils sont séparés ou non. Quand elle revient à la maison, ils font comme si tout allait bien, mais quand elle repart là-bas, ils peuvent passer des mois sans se voir.

Bon, je m'éparpille, car ce que je voulais dire, c'est surtout que ma cousine Mirabelle doit venir passer une semaine COMPLÈTE chez moi ! On va faire des tas de trucs que font les filles quand elles sont ensemble. Ce qui est plutôt loin de mes habitudes, étant donné que je passe mon temps avec mes grands frères, Sébastien, Frédéric et Antony (qui ont respectivement quinze, dix-sept et dix-neuf ans), mon père (qui n'organise JAMAIS de soirée réservée aux filles, puisque je serais la seule à y participer…) et Colin (mon ami et presque voisin, dont la maison est au bout de la rue). Donc, que des garçons ! C'est vrai que je me sens plus à l'aise avec les garçons, en général, et qu'ils forment la majorité de mes amis, mais ça fait du bien de papoter un peu avec Mirabelle, car on peut parler de trucs de filles, comme le maquillage, les cheveux et la mode…

Avec Colin, on discute surtout des résultats sportifs, on fait des blagues idiotes et on s'entraîne. Moi, je joue au tennis et Colin, c'est le foot qui l'intéresse. J'ai bien essayé de me faire des amies parmi les filles de ma classe, mais je les trouve un peu idiotes. Elles gloussent dès qu'un gars les regarde. Elles jacassent toujours dans le dos des autres et elles mangent à peine leur repas, à la cafétéria. Si je mangeais avec elles (je sais, j'ai déjà essayé : désastre total !), je me ferais regarder de travers en dévorant mon bol de spaghettis ou mon reste de pâté chinois*. Je vous donne un exemple d'une conversation entre Ariane (une fille de ma classe) et moi, pendant un repas, l'année dernière :

Ariane : C'est plein de féculents, ça. Tu le sais, hein ? Et ça finit toujours par descendre dans les fesses. Tu devrais peut-être faire attention à ce que tu manges...

Moi : Ben, j'ai un entraînement après l'école. Faut pas que je tombe d'inanition.

Ariane : D'ina-quoi ? En tout cas, une salade, ça fait parfaitement l'affaire. Regarde la mienne... En plus j'y ai mis des graines de chia.

Moi : Des graines de chia ?! Tu te moques de moi ??? C'est quoi, ces

* **Pâté chinois** – Plat typique du Québec composé d'une couche de bœuf haché, d'une couche de maïs et d'une couche de purée de pommes de terre superposées, à la façon d'un hachis parmentier.

trucs ? Et ça s'appelle vraiment comme ça ? De toute façon, j'aime pas ça, la salade ! Ça n'a aucun goût et ça devient tout mou quand on l'apporte à l'école.

Ariane : C'est parce que tu mets ta vinaigrette trop tôt. En tout cas, moi, je ne veux pas avoir de trop grosses joues, ou pire, un double menton… C'est tout… Qu'est-ce que vous en pensez, les filles ?

Là, les autres qui étaient assises à notre table ont toutes hoché la tête. Je savais qu'Ariane parlait de MES joues, parce que j'ai encore mon gras de bébé, et évidemment, il y a mon double menton ! Je pensais que personne ne l'avait remarqué. Ce soir-là, en m'entraînant avec Colin, je lui ai demandé s'il me trouvait trop grosse et il m'a dit :

Colin : Tu as mangé avec la bande à Ariane, aujourd'hui, hein ? Viens donc manger avec moi, demain, on en profitera pour aller jouer au foot dans la salle de gym. Ces filles-là sont tellement superficielles. Laisse-les faire.

Bon, ça m'a fait du bien de voir que Colin les trouvait superficielles, mais, en même temps, j'ai surtout noté qu'il ne m'avait pas répondu à propos de mon double menton… Alors je me suis entraînée encore plus dur et j'en suis sortie avec sûrement 400 g de moins. Exit le double menton !

Donc, j'attends le coup de fil de Mirabelle… Elle doit appeler d'une minute à l'autre. Mais je commence sérieusement à trouver ça long. Je pense que je vais aller regarder un peu la télé, pour passer le temps.

~ 18 h 45 ~

Je sais pourquoi Mirabelle n'a pas pu appeler ! C'est parce que mon imbécile de frère était au téléphone tout ce temps-là ! Ma cousine n'arrêtait pas de composer notre numéro et c'était TOUJOURS occupé ! Je passe mon temps à dire à mon père qu'on devrait avoir une double ligne téléphonique à la maison (ou, mieux encore, que je devrais avoir un téléphone portable comme Antony, mon frère aîné !), mais il ne veut pas. Il dit qu'Anto l'a payé avec son propre argent et que, de toute manière, pour le nombre de fois où j'utilise le téléphone, c'est inutile. Je lui ai rappelé que je parlais TOUS les jours à Colin, mais mon père m'a répondu que, puisque Colin habite au coin de la rue, je n'avais qu'à aller le voir, au lieu de l'appeler. C'est n'importe quoi ! Si je vais le voir et qu'il n'est pas là, je me serai déplacée pour rien. Mon père ne comprend pas ça. C'est hyper difficile d'avoir une conversation efficace avec lui, en plus !

Résumé d'une conversation entre mon père et moi :

Moi : Papa, si je dois sortir juste pour demander à Colin s'il est prêt pour aller s'entraîner, je vais perdre du temps. Et le temps, c'est de l'argent.

MON PÈRE : Tu parles comme ta mère, Dylane. À ton âge, ce n'est pas utile d'avoir un cellulaire*. Tu as deux jambes, alors utilise-les !

Moi : J'ai TREIZE ans ! TOUTES les filles de ma classe en ont déjà un ! Je suis la seule à ne pas en avoir. On dirait qu'on vit au vingtième siècle et on passe pour des pauvres. Tu t'en rends compte, papa, j'espère, qu'on a l'air de vrais pauvres, là !

* **Cellulaire (cell)** – Téléphone portable.

Août

MON PÈRE : L'important, ce n'est pas ce dont on a l'air, mais ce qu'on est réellement. L'argent ne rend pas plus heureux. Tes amis qui ont des cellulaires, est-ce qu'ils sont plus heureux ?

Je n'ai pas répondu et j'ai réfléchi quelques secondes… C'est vrai que mes copines ont quand même des problèmes ultras importants et que l'argent ne peut pas les aider. Par exemple, Angelica est vraiment nulle à l'école et, à moins de payer quelqu'un pour faire ses examens à sa place, son argent ne résoudra pas ses problèmes. Et ce n'est pas l'argent d'Ariane qui va la rendre plus maigre… Donc, mon père a peut-être raison en ce qui concerne le bonheur, mais l'argent, ça sert quand même à des tas de trucs. Puisque papa est borné, je vais demander à ma mère de me payer un cellulaire. Comme elle est riche, elle va sûrement dire oui. En plus, ça va nous permettre de nous parler plus facilement que sur Skype, où je vois mon double menton, ce qui me rend complexée. Je suis certaine que ma mère ne veut pas que sa fille soit complexée…

Août

Après avoir crié après mon frère qui ne voulait pas raccrocher, j'ai enfin pu avoir accès à la ligne téléphonique. Depuis qu'Antony a une blonde*, il passe toutes ses journées à lui murmurer des mots doux au téléphone. Il pourrait utiliser son cellulaire, lui! Mais il dit que ça lui coûte cher et qu'il aime mieux prendre celui de la maison. Il n'utilise son cell que lorsqu'il sort. Il est ridicule. Parfois, Colin et moi on se cache dans le couloir et on écoute Anto susurrer ses « je t'aime » et ses « tu es belle... » à sa blonde. À certains moments, il lui dit plutôt « j'ai envie de toi » et là, Colin et moi on se pousse, parce que ça nous écœure un peu de l'entendre parler de sexe. C'est quand même mon frère! En plus, ça nous gêne et, après, on rigole sans savoir quoi se dire.

Donc, Mirabelle commençait à s'impatienter de ne pouvoir me joindre. Quand je lui ai expliqué pourquoi la ligne était occupée, elle m'a suggéré de m'acheter un cellulaire. J'ai soupiré sans rien ajouter (comme si je ne le savais pas!). Elle m'a ensuite confirmé son arrivée chez nous pour samedi prochain! J'ai si hâte de la revoir! Elle passera la semaine chez moi, alors elle va avoir beauuuucoup de bagages et il faudra aller la chercher à la gare d'autocars de Montréal.

* **Blonde** – Petite amie, amoureuse.

Oh… on sonne à la porte. Je reviens…

~ 19 h 22 ~

C'était Colin et il a apporté des granitas (à mon goût préféré, la framboise bleue ! Ce qui me fait penser que j'ai lu quelque part que chaque parfum de granita dévoilait un côté de notre personnalité. Il faut absolument que je retrouve l'article…). Je pense qu'il voulait s'excuser de son attitude d'aujourd'hui. Colin a bien des défauts, mais, une chose est certaine, il n'a pas peur de demander pardon. Il a beau être parfois un parfait crétin, il est aussi mon meilleur ami, et ce n'est pas pour rien…

Je te laisse. J'ai une granita à manger !

Quel parfum de granita te décrit le mieux?

Fraise

Tu es une fille de famille. Ton frère, ta sœur, tes parents, ils sont au centre de ta vie. D'ailleurs, tu ne refuses jamais une soirée cinéma avec eux ou une sortie chez tes grands-parents. Tu as de belles valeurs familiales et, lorsque ce sera à ton tour de fonder une famille, tu légueras celles-ci à tes propres enfants. Et quelle incroyable maman tu feras! Mais laisse tout de même un peu de place à tes amies, elles ne demandent que ça!

Pomme verte

Douce et cultivée, tu aimes que les choses soient méticuleusement rangées. Studieuse et ayant le sens des priorités, tu performes très bien dans tes études, ce qui rend tes parents fiers de toi. Seul bémol, tu sacrifies les plaisirs simples aux tâches et devoirs... Il peut parfois être bon de tout mettre de côté pour s'amuser un peu. Ce n'est pas qu'une perte de temps. Cela te permettra plutôt de te ressourcer et de revenir en pleine forme.

Citron

Une vraie boîte à surprises! Voilà l'expression qui te décrirait le mieux. En effet, personne ne sait jamais à quoi s'attendre, avec toi. Plutôt secrète, tu te confies difficilement, mais ce n'est pas par timidité. Tu préfères garder tes confidences pour ta meilleure amie. Ainsi, tu es très possessive de ton amitié avec elle et, toutes les deux, vous êtes si unies que vous passez parfois pour des sœurs jumelles. Il est bon d'avoir une telle amie sur qui l'on peut compter, mais si tu ne t'ouvres jamais aux autres, tu pourrais laisser passer de belles occasions de rencontrer des gens formidables…

Pêche

Romantique et fleur bleue… Voilà ce qui te décrit le mieux. Tu adores lire des romans d'amour et écouter des comédies romantiques. Tes soirées sont consacrées à imaginer comment sera le garçon de tes rêves. Tu passes d'ailleurs beaucoup de temps à dresser la liste de ses qualités. Prends le temps de vivre ta jeunesse. Ton mariage avec lui n'est pas pour demain!

Cerise

Tu es une excentrique! Tout en toi sort de la norme. Tes vêtements, ton maquillage, tes centres d'intérêt… Tu adores sentir que tu n'es pas comme les autres. D'ailleurs, ta personnalité est unique et tu en es fière! Et tu as toutes les raisons de l'être. Ne cesse jamais de revendiquer qui tu es. Savoir ce que l'on veut dans la vie est déjà un pas dans la bonne direction.

Menthe

En vraie intello, tu dois avoir lu presque tous les livres que ➲

l'on retrouve à la bibliothèque de ton quartier! Tu aimes les mathématiques, les sciences, la géo et le français. Devant toi, on se sent comme devant un génie! Assure-toi que les autres ne se sentent pas rabaissés face à ton quotient intellectuel! Tes capacités sont infinies, il ne te reste qu'à choisir dans quelle branche tu te dirigeras!

Fruits exotiques

Séductrice dans l'âme, tu es habile quand vient le temps de faire les yeux doux à un garçon qui te plaît. Et celui-ci n'a d'autre choix que de tomber sous ton charme! Il faut dire que tu y mets le prix: maquillage, vêtements à la mode, démarche longuement réfléchie… Tu ne laisses rien au hasard. Mais est-ce la seule façon pour toi d'attirer ton âme sœur dans tes filets? Tu as une personnalité fantastique, n'aie pas peur de la dévoiler.

Orange

Tu as un talent fou pour l'Art avec un grand A. Tes mains peuvent créer des œuvres qui rendraient jaloux le plus grand des artistes! Es-tu une pianiste émérite, une peintre adroite, une écrivaine chevronnée ou encore une éminente actrice? Chose certaine, ta voie est celle des arts. N'hésite pas à participer à des tas de concours. Avec ton talent, il ne serait pas surprenant que tu remportes tous les honneurs!

Cola

L'amitié occupe une grande place dans ta vie. Tu es le genre de fille sur qui l'on peut invariablement compter. Tu penses même davantage aux autres qu'à toi-même. Tu te rappelles la date d'anniversaire de chacune de tes amies et leur achètes

toujours un petit cadeau le jour même.
Lorsque l'une d'entre vous ne va pas bien, tu mets tout en œuvre pour lui rendre le sourire. C'est une qualité incroyable que d'être aussi attentionnée, mais tu dois aussi t'assurer de ne pas te perdre de vue. Car tu es aussi importante que tes amies. Ne l'oublie pas !

Pastèque

Avec toi, une blague n'attend pas l'autre. Ton sens de l'humour légendaire n'a d'égal que ta bonne humeur. On ne risque pas de s'ennuyer en ta compagnie, en tout cas ! Mais si ton sourire attire les gens, il cache parfois aussi ta tristesse. C'est ta façon de ne pas dévoiler tes sentiments. Une blague et, ni vu ni connu, les autres croiront que tout va bien. Tes amies ne cesseront pas de t'apprécier si tu te laisses aller, tu sais…

Framboise

Tu es une passionnée de sport. Avec toi, il faut que ça bouge ! Quand tu n'es pas en train de te défouler sur un vélo, en ski ou simplement en faisant de la course à pied, tu trouves le moyen de ne pas rester en place bien longtemps ! D'ailleurs, en ta compagnie, il y a peu de risque qu'on s'ennuie. Fais attention de ne pas épuiser les gens qui t'entourent… ■